Andreas Schlüter
Reality Game

Andreas Schlüter, geboren 1958, ist einer der erfolgreichsten Jugendbuchautoren der letzten Jahre. Gleich sein erstes Buch, ›Level 4 – Die Stadt der Kinder‹, wurde ein Bestseller. Dieser und alle weiteren Computerkrimis aus der Level 4-Serie sind bei dtv junior im Taschenbuch lieferbar und aus dem Programm inzwischen nicht mehr wegzudenken. ›Reality Game‹ ist ein weiterer Band dieser erfolgreichen Serie, den man auch unabhängig von den anderen Folgen lesen kann. Zusätzliche Informationen über Andreas Schlüter und seine Bücher finden sich unter www.aschlueter.de.
Weitere Titel von Andreas Schlüter bei dtv junior: siehe Seite 4

Andreas Schlüter

Reality Game

Ein Computerkrimi
aus der Level 4-Serie

Deutscher Taschenbuch Verlag

Von Andreas Schlüter sind außerdem
bei dtv junior lieferbar:
Heiße Spur aus Afrika, dtv junior 70430
Heiße Spur in die Manege, dtv junior 71198
Die Fernsehgeisel, dtv junior 70660
Kurierdienst Rattenzahn – Die Rollschuh-Räuber, dtv junior 70713
Kurierdienst Rattenzahn – Ein Teufelsbraten, dtv junior 70768
Kurierdienst Rattenzahn – Die Mega-Stars, dtv junior 70779
Kurierdienst Rattenzahn – Crash!, dtv junior 70864
Kurierdienst Rattenzahn – Fauler Zauber, dtv junior 70904
Verliebt, na und wie! dtv junior 70929
Verliebt, immer wieder, dtv junior 70996
Mörfi – Falsch, falscher, fabelhaft, dtv junior 70967
Mörfi – Die Fehler-Räuber, dtv junior 70968
Mörfi – Das Fehler-Versteck, dtv junior 71170
Mörfi – Fehler, Falle, Ferien, dtv junior 71169

Weitere Titel der Level 4-Serie: siehe Seite 235

Ungekürzte Ausgabe
In neuer Rechtschreibung
Januar 2007
Deutscher Taschenbuch Verlag GmbH & Co. KG, München
www.dtvjunior.de
© 2003 Arena Verlag GmbH, Würzburg
Umschlagkonzept: Balk & Brumshagen
Umschlagbild: Karoline Kehr
Gesetzt aus der Futura 11/13,5˙
Satz: Fotosatz Reinhard Amann, Aichstetten
Druck und Bindung: Druckerei C. H. Beck, Nördlingen
Printed in Germany
ISBN-13: 978-3-423-71206-4
ISBN-10: 3-423-71206-6

Reality Game

Die Regeln

1. Reality Game ist ein interaktives Spiel der Firma **reality for fun**, welches die Medien Internet, Rundfunk und Fernsehen miteinander verbindet. *Aktiv teilnehmen* (als Runner oder Trapper) können alle Jugendlichen zwischen 12 und 16 Jahren, deren Einverständnis der Eltern schriftlich vorliegt. Als *Unterstützer* (Supporter) mitspielen können alle Kinder und Jugendlichen ab 10 Jahren nach vorheriger Anmeldung im Internet beim Provider **virtuality reality**.

2. Als *Runner* spielen insgesamt 10 Teilnehmer aus 10 Städten, die jeweils als Sieger aus den städtischen Vorrunden hervorgegangen sind.

3. Als *Trapper* spielen insgesamt 50 Teilnehmer, je 5 aus jeder Stadt, die in den Vorrunden jeweils die Plätze 2 bis 6 belegt haben.

4. Ziel des *Runners* ist es, in einer ihm unbekannten Stadt 10 Aufgaben zu lösen, ohne sich dabei von den jeweils 5 ortskundigen Trappern fangen zu lassen. Die Auswahl der Städte erfolgt per Losverfahren.

5. Der *Runner* kann bei der Lösung seiner Aufgaben von den Unterstützern aus seiner Heimatstadt per Internet und SMS Hilfe erhalten.

6. Der *Runner* trägt eine Webcam, sodass jede seiner Bewegungen live im Internet verfolgt werden kann.

7. Die 5 ortskundigen Trapper können ihrerseits Hilfe von Unterstützern aus der eigenen Stadt erhalten. Auch ihnen stehen hierfür Internet und SMS zur Verfügung.

8. Löst der *Runner* die 10 Aufgaben, ohne sich fangen zu lassen, so erhält er 10 000 € Siegprämie. Außerdem bekommt eine frei wählbare Einrichtung seiner Heimatstadt zur Unterstützung der Jugendarbeit 25 000 €.

9. Jeder *Trapper* erhält im Erfolgsfalle 2000 € und eine frei zu wählende Einrichtung ihrer Heimatstadt ebenfalls 25 000 € Zuschuss für die Jugendarbeit.

10. Der Verlauf des Spieles kann jederzeit in Echtzeit im Internet verfolgt werden. Der aktuelle Stand wird täglich im Rundfunksender **real radio** mitgeteilt, die Beobachter und Helfer der Mitwirkenden können per Chat miteinander kommunizieren.

Ausrichter von Reality Game sind

Der Spielhersteller reality for fun
Der Fernsehsender reality live
Der Rundfunksender real Radio
Der Internetprovider virtuality reality

Reality Game

Jennifer hatte von Anfang an kein gutes Gefühl gehabt. Ben hatte ihr an den Kopf geworfen, sie neige zu Übertreibungen, Miriam wollte sich den Spaß nicht verderben lassen und Frank war stolz auf seine Leistung. Weil sie so gute Freunde waren, hatte Jennifer ihm schließlich ebenfalls die Daumen gedrückt. Mit Erfolg. Bravourös hatte er sich in der Vorrunde geschlagen, 57 Konkurrenten hinter sich gelassen und sich für die Endrunde des Spieles qualifiziert, das nun seit vier Wochen in aller Munde war: *Reality Game*.

Jetzt stand Frank gemeinsam mit neun anderen Städtesiegern auf der Bühne der neu errichteten Stadthalle, geblendet vom Scheinwerferlicht, unsicher von einem Bein aufs andere tretend.

»Mann, ist der nervös!«, rief Miriam Jennifer zu.

»Ich wäre auch nervös! Und wie!«, antwortete Jennifer. »Live im Fernsehen. Ein paar Millionen Leute können Frank jetzt sehen! Um nichts möchte ich mit ihm tauschen!«

»Ich schon«, erwiderte Miriam. Sie mussten fast schreien, weil in dem großen Saal der Stadthalle ein ohrenbetäubender Lärm herrschte. Jeder der zehn Sieger aus der Vorrunde wurde von seinen Fans mit tosendem Beifall bejubelt. Frank hatte Heimvorteil, denn die große Auftaktgala zur Endrunde wurde aus seiner Heimatstadt übertragen.

Eine Moderatorin, die bisher als Model gearbeitet hatte, und ein Moderator, der auch als Hip-Hop-Sänger bekannt war, präsentierten die Siegerrunde. Noch zwei Konkurrenten hatten sie vorzustellen, bis Frank an der Reihe war.

Nicht nur Jennifer, Ben und Miriam warteten auf diesen Moment. Die halbe Schule war in die Stadthalle gekommen, um Frank zu unterstützen.

»Bin gespannt, in welcher Stadt Frank die Endrunde spielen muss!«, rief Thomas den anderen zu, kramte in seinem Rucksack herum und hielt plötzlich neun Stadtpläne in der Hand.

Kolja fasste sich an den Kopf: »Mann, Alter. Frank darf doch gar keinen Stadtplan benutzen. Das ist doch der Sinn der Sache, dass er die Aufgaben in einer fremden Stadt lösen muss, in der er sich nicht auskennt! Deshalb werden die Städte ja auch ausgelost.«

»Die sind doch nicht für Frank! Die sind für uns, um ihm zu helfen. Ich habe mich nur gut vorbereitet!«, gab Thomas zurück.

Ben wollte Thomas etwas Nettes sagen, aber nach einem Blick auf die Stadtpläne blieb ihm sein Lob im Hals stecken. Er las die Jahreszahlen 1984, 1993, 1978 und 1976. Keiner der Stadtpläne war jünger als zehn Jahre!

»Natürlich nicht!«, verteidigte sich Thomas. »Sonst hätte ich die ja wohl kaum gratis bekommen, ihr Schlauberger. Habt ihr eine Ahnung, was Stadtpläne kosten?«

Kolja schlug sich vor die Stirn, Ben schüttelte den

Kopf, Jennifer und Miriam lachten und Achmed rief in die Runde: »Voll krass der Typ, ey. Schleppt hier total das Altpapier an. Wie soll Frank denn damit gewinnen?«

Thomas stopfte seine Stadtpläne beleidigt zurück in den Rucksack, wühlte wieder darin herum und hielt im nächsten Moment eine weitere Fundsache in die Höhe.

»Eine Pressluft-Tröte, ey!«, stieß Achmed begeistert aus, riss Thomas das Teil aus der Hand und drückte auf den Knopf.

Miriam und Jennifer hielten sich schnell die Ohren zu, doch aus der Tröte entwich nur ein wenig Luft.

»Die ist ja leer, ey!«, stellte Achmed enttäuscht fest.

Thomas nahm ihm die Tröte aus der Hand. »Was dachtest du denn? Die habe ich doch gefunden. Aber die Fernsehzuschauer merken das ja nicht, für die gibt es nur mehr Stimmung im Bild!«

Vor Lachen hätten sie beinahe Franks großen Auftritt verpasst.

»Kommen wir nun zum Sieger der Gastgeber-Stadt!«, kündigte die Moderatorin an, stöckelte auf Frank zu und stellte ihn dem Publikum vor. Was vollkommen überflüssig war. Die zehn Spieler waren inzwischen bundesweit bekannt wie die Simpsons. Es gab eine Reality-Game-Fanzeitung und selbstverständlich eine Webseite, die so gut wie keine Fragen über das Spiel und das Leben der Runner offen ließ. Außerdem lief auf der Webseite eine hoch dotierte Wette, wer wohl als Sieger aus dem Wettkampf hervorgehen würde. Frank lag an zweiter Stelle.

»Frank gehört zu den großen Favoriten der Reality-Game-Endrunde, denn er hat in der Vorrunde die höchste Punktzahl aller Städtesieger erreicht!«, gab die Moderatorin bekannt. Jubel brandete auf.

Ben, Jennifer und Miriam sprangen von ihren Sitzen, ebenso wie Achmed, Kolja und die anderen aus der Klasse. Nur Thomas musste erst den Rucksack beiseite stellen und brauchte deshalb mal wieder am längsten.

»Kein Wunder!«, murmelte Ben. »Es gibt auf der ganzen Welt ja auch keinen verrückteren Sportler.«

Die Vorrunde war Frank tatsächlich leicht gefallen, da sie ausschließlich aus sportlichen Aufgaben bestanden hatte. Frank hatte sprinten, Fassaden hinaufklettern, durch Tunnel robben, Speere werfen, über Zäune und von Türmen springen, schwimmen und Rad fahren müssen.

Fast wie beim Militär, hatte Jennifer gedacht, allerdings lieber den Mund gehalten, um bei den anderen nicht anzuecken.

In der Endrunde würde es erheblich schwieriger werden. Es ging darum, sich in einer fremden Stadt zurechtzufinden, Rätsel zu lösen und einen Schatz zu entdecken. Dies war auch der Grund, weshalb Frank nicht an erster Stelle der Wetten lag. Einen Konkurrenten vom anderen Ende Deutschlands hielten die Fans offenbar für pfiffiger.

»Jetzt muss Frank zeigen, ob er auch was in der Birne hat!«, grinste Kolja. »Der Hellste ist er ja nicht gerade!«

Jennifer und Miriam schauten Kolja an. »Sprach da

gerade eine taube Nuss über Intelligenz?«, fragte Miriam.

»Schon gut, schon gut!«, wehrte Kolja ab. Er wusste, dass seine Bemerkung eher auf ihn als auf Frank zutraf.

»Ey, krass dieser Kolja, ey«, wieherte Achmed. »Jeder Spruch ein Griff ins Klo!«

Kolja boxte ihm auf den Oberarm. Doch bevor die beiden beginnen konnten, richtig zu streiten, ertönte eine dröhnende Fanfare.

Eine zwei Meter hohe, gläserne Lostrommel wurde in die Mitte der Bühne gerollt. Die Namen der zehn Städte befanden sich darin. In der Ziehung würde jeder Runner eine Stadt zugelost bekommen. Von beiden Seiten folgten unter Triumphmarsch, rhythmischem Beifall der Zuschauer und Blitzlichtgewitter die fünfzig Trapper, die den Runnern das Leben schwer machen würden. Jede Stadt schickte eine Gruppe von fünf Trappern ins Rennen, die jeweils an ihren Caps und Trikots zu erkennen waren.

Kolja ließ sich nach hinten in den Sitz fallen. »Unsere Stadt hat nur Laumänner«, stöhnte er. »Die kriegen den Runner doch nie!«

»Warum bist du denn nicht bei denen?«, fragte Thomas spitzbübisch, denn er kannte die Antwort. Kolja hatte zunächst ebenfalls mitgespielt, war aber nur Siebter geworden und hatte somit den Einzug in die Endrunde als Trapper um einen Platz haarscharf verpasst.

Noch bevor er seine Frage ausgesprochen hatte,

war Thomas schon in Deckung gegangen, um von Kolja keine verpasst zu bekommen.

Auch Achmed kicherte in sich hinein. Er liebte das Spiel und verfolgte es mit Begeisterung. Niemals aber wäre er auf die Idee gekommen, als Runner mitzuspielen. Sich ins Rampenlicht zu stellen und sich lächerlich zu machen, das überließ er lieber anderen. Dafür verzichtete er sogar gern auf die Möglichkeit, ein Held zu werden.

Selbst als der Briefträger begonnen hatte, ganze Säcke von Fanpost bei Frank abzuliefern, war Achmed nicht neidisch geworden. Er war nur froh, dass nicht er all diese Briefe beantworten musste.

Kolja hingegen hätte sich gern als unerschrockener Jäger im Fernsehen dargestellt. Alle wussten, wie sehr er sich ärgerte, den Einzug ins Finale verpasst zu haben.

Doch zum Grübeln war keine Zeit mehr. Es kam zur Auslosung der Städte.

Ben hatte sich die zehn Städte vorher im Internet angeschaut. Er favorisierte keine, da ihm alle gänzlich unbekannt waren, außer der eigenen natürlich, aber die war für Frank ausgeschlossen. Die Organisatoren hatten dafür gesorgt, dass alle Runner in den verschiedenen Städten ähnliche Bedingungen vorfanden. Dennoch präsentierten die Moderatoren jedes Los wie einen Hauptgewinn.

Unter den zehn Runnern gab es nur ein einziges Mädchen.

»Hoffentlich kommt die nicht in unsere Stadt!«, sagte

Kolja und erntete sofort Jennifers Einspruch. Ihre Augen blitzten ihn an. »Wieso?«

Kolja verzog den Mund. Er sparte sich seinen Kommentar lieber und damit eine Diskussion mit Jennifer. Sie wusste, dass seiner Meinung nach Mädchen bei *Reality Game* nichts zu suchen hatten. Hätte er es gewagt, das jetzt auch zu äußern, hätte sie ihn zur Schnecke gemacht.

Das Schicksal meinte es gut mit Kolja. Das Mädchen wurde für eine andere Stadt gezogen. In ihre Stadt kam ein Runner aus der Oberpfalz.

Die Moderatorin griff erneut in die große Lostrommel und zog die Stadt für Frank:

»Neustadt!«

»Ist das gut oder schlecht, ey?«, wollte Achmed wissen.

Thomas kannte kein Halten mehr. Er wühlte sofort den Stadtplan von Neustadt heraus. Leider war es der älteste aller seiner Stadtpläne.

»Neustadt ist okay!«, fand Ben, während an einer großen elektronischen Karte auf der Bühne die einzelnen Städte aufleuchteten. Sie hatten keine Zeit, weiterzudiskutieren, denn nun kam der Höhepunkt des Abends: Die Städtesieger hatten eine erste Aufgabe zu lösen – live übertragen während der Sendung. 15 Minuten hatten die Runner Zeit – an diesem Tag noch ungestört von den Trappern. Die Bewertung funktionierte ähnlich wie beim Formel-1-Training: Der Sieger erhielt für die erste Aufgabe der Endrunde die Pole-Position, also einen Zeitvorsprung. Außerdem lief eine Zuschauerwette nur für diesen Abend: Je mehr Anrufer auf einen Runner setzten, mit desto mehr Sonderpunkten ging er in die nächste Runde. Jeder Anrufer brachte 49 Cent aufs Konto der Veranstalter. Nach diesem Prinzip würden die Wetten auch in der Endrunde weitergehen. Schon in der ersten Woche vor Beginn der Endrunde waren fünf Millionen Anrufer gezählt worden.

Jeder Runner erhielt jetzt eine Webcam, die am Kopf befestigt wurde und jeden Schritt ihres Trägers aufzeichnete. Auf zehn Leinwänden wurden die Bilder der Kameras in die Halle übertragen.

Ben holte sein Fernglas hervor. Mit fachmännischem Blick erkannte er das Fabrikat der Kameras.

»Wozu ist das wichtig?«, wollte Jennifer wissen.

Ben zuckte mit den Schultern. »Kann man nie wissen.«

Jennifer zeigte ihm einen Vogel. Jungs und Technik!, dachte sie. Die mussten immer übertreiben und sich wichtig machen. Ben bildete da keine Ausnahme.

»Seid ihr bereit?«, fragte die Moderatorin.

»JAAA!«, schrie der Saal.

Die Runner nickten.

»Dann kommt hier eure Aufgabe! Wir haben einen Koffer versteckt. Er enthält einige nützliche Dinge, die ihr beim Lösen der Rätsel in der nächsten Woche bestimmt gut gebrauchen könnt, und befindet sich im Umkreis von einem Kilometer. Das Rätsel, das ich euch jetzt vorlese, gibt einen entscheidenden Hinweis auf den Fundort.«

Im Saal wurde ein Lied eingespielt.
Zu dieser Hintergrundmusik verlas die Moderatorin das Rätsel:

> »Gezeichnet von Kraft und Stärke,
> die mächtigste Pflanze der Welt,
> umgeben von Mystik und Zauber,
> gibt sie uns Schutz und Wärme,
> tröstend bei Kummer,
> erhebend bei Heiterkeit
> und doch so verletzlich
> und schützenswert.
> Im Kreise der Ihren so mächtig und dicht,
> einzeln bringt sie vielleicht sogar
> die Wahrheit ans Licht.«

Verwirrung

Einen Moment lang wusste Frank nicht, wo er war. Ihm war heiß. Sein T-Shirt klebte am Körper, die Beine juckten, er fühlte Schweißperlen auf seiner Stirn. Bekam er Fieber? Er schloss die Augen, doch das verstärkte sein leichtes Schwindelgefühl noch, also blickte er lieber wieder hinunter von der Bühne ins Schwarze. Er wusste, dort unten saß das Publikum, sehen konnte er allerdings niemanden. Die grellen Scheinwerfer blendeten so sehr, als hätten sie über die Zuschauer ein großes schwarzes Tuch gelegt.

Frank konzentrierte sich auf seine Konkurrenten, die sich neben ihm in einer Reihe aufgestellt hatten. Jeder bekam einen Zettel in die Hand, auf dem die Aufgabe des Abends notiert war. Zum Glück. Denn Frank hatte nicht verstanden, was die Moderatorin vorgelesen hatte. Er nahm seinen Zettel entgegen und las. Er las ein zweites und ein drittes Mal. Sein Blick suchte Hilfe bei den anderen Runnern. Auch aus ihren Gesichtern schrie die pure Hilflosigkeit.

Was war das für eine merkwürdige Aufgabe? Frank verstand nicht ein einziges Wort.

Die mächtigste Pflanze der Welt. Was sollte das für eine Pflanze sein? Er konnte doch wohl schlecht alle Pflanzen der Welt kennen. Und wieso mächtig? Seit wann waren Pflanzen mächtig? Er hätte gern Blickkontakt zu seinen Freunden aufgenommen, die unten in den Zuschauerreihen saßen, aber leider war das unmöglich. Miriam und Ben wussten mit diesem seltsamen Rätsel allerdings sicher auch nichts anzufangen, vermutete er. Und Kolja oder Thomas ohnehin nicht. Aber Jennifer vielleicht. Er hätte sie anrufen können, doch jeder Kandidat durfte nur dreimal telefonieren. Frank wollte sich diese drei Anrufe gut einteilen. Andererseits hätte er natürlich auch nichts davon, sich seine Anrufe aufzuheben, während die anderen inzwischen telefonierten und ins Ziel stürmten.

Drei der zehn Kandidaten waren bereits losgelaufen. Offenbar hielten sie es für effektiver, in dem vorgegebenen, engen Umkreis auf gut Glück nach dem Koffer zu suchen, als sich vergeblich über das Rätsel den Kopf zu zerbrechen. Vielleicht war das gar nicht die schlechteste Taktik? Allerdings brauchte man schon eine gehörige Portion Glück, um im Umkreis von einem Kilometer einen Koffer zu finden, wenn man nicht den geringsten Hinweis hatte, wo das Versteck sein könnte.

Doch welche Hinweise enthielt das Rätsel?

Die mächtigste Pflanze der Welt. Wieso befand sich die mächtigste Pflanze der Welt in seiner Stadt und er hatte noch nie etwas davon gehört?

Genau diese Frage stellte sich Kolja in diesem Moment auch.

»Die mächtigste Pflanze der Welt stelle ich mir zweihundert Meter hoch vor«, rief er in die Runde. »So einen Baum haben wir hier nicht!«

Achmed stimmte Kolja ausnahmsweise einmal zu.

Thomas wühlte ratlos in seinem Rucksack herum. Er

wusste, er hatte nichts dabei, das über Pflanzen Auskunft gab. Er wollte nur nicht tatenlos herumsitzen. Vielleicht fand sich ja doch noch irgendetwas in dem Rucksack, woran er nicht mehr gedacht hatte.

Ben hoffte, Jennifer würde etwas Kluges einfallen.

Jennifer war zu nervös, um einen klaren Gedanken zu fassen. Sie hasste es, unter Zeitdruck denken zu müssen. Das machte ihr bei Klassenarbeiten auch immer sehr zu schaffen. Sie gehörte zu den Schülerinnen, die noch in der allerletzten Sekunde den letzten Satz hektisch aufs Papier kritzelten, den später ohnehin niemand mehr entziffern konnte.

Miriam stellte fingernägelkauend fest, dass bereits fünf der zehn Kandidaten die Bühne verlassen hatten, um nach dem Koffer zu suchen. Frank stand noch immer wie angewurzelt da.

»Wieso ruft der uns nicht an, wenn er nicht weiterweiß?«, wunderte sich Kathrin.

»Weil er ahnt, dass wir nichts wissen«, vermutete Ben.

Kathrin hatte sich mit ihrer Frage selbst in den Mittelpunkt gerückt. Erwartungsvoll richteten sich die Blicke ihrer Mitschüler auf sie. War nicht Kathrin die Tierkennerin und Naturliebhaberin? Es ging um Pflanzen. Also war es an ihr, der Gruppe weiterzuhelfen.

»Ich weiß auch nichts!«, wehrte sie ab.

»Streng dich an«, verlangte Kolja.

Kathrin streckte ihm die Zunge heraus. »Streng dich selber an, Holzkopf!«

»Holz?«, warf Jennifer ein.

Kathrin zog die Schultern hoch. »Ja, wieso nicht Holz? Kolja ist doch ein Holzkopf!«

Kolja schnitt Kathrin eine Grimasse, aber Jennifer hielt sich aus dem Streit heraus. Der Begriff *Holz* schwirrte ihr durch den Kopf, ohne dass sie hätte sagen können, weshalb. Was war so besonders an diesem Begriff? Holz. Holz? Woher kam Holz? Von Bäumen. Als die Moderatorin von der mächtigsten Pflanze der Welt sprach, hatte Kolja sofort an einen Baum gedacht. Aus Bäumen machte man Holz. Aber nicht aus einem Baum, sondern aus sehr vielen. Aus Holz wiederum konnte man alles Mögliche herstellen. Es war einer der wichtigsten Baustoffe der Menschen. Und ohne Wälder würde es auf dem Planeten nicht einmal genug Sauerstoff für die Menschen geben. Vielleicht ging es gar nicht um eine einzelne Pflanze, sondern um eine Pflanzenart? *Der Baum an sich* als wichtigste Pflanze der Welt für den Menschen.

»Mensch, Kolja!«, rief Jennifer. »Du bist überhaupt nicht blöd!«

Kolja nickte zufrieden. »Ich weiß. Aber sag das mal der Ziege da!« Er zeigte auf Kathrin.

Jennifer erklärte den anderen ihren Gedanken.

»Wie hieß noch mal das Rätsel?«, fragte Ben.

Miriam zeigte auf die große Leinwand, wo das Rätsel zu lesen war. Noch immer stand Frank hilflos davor. Mit ihm waren es nur drei Kandidaten, die noch immer nicht losgelaufen waren. Neben dem Rätsel wurden zehn kleinere Bildschirme eingeblendet, welche die Webcambilder der Runner übertrugen. Unter den Bildschirmen standen ihre Namen. Von Frank und den anderen beiden sah man lediglich die Bühne aus ihrer Sicht. Zwei Runner liefen ziellos draußen auf dem Parkplatz herum. Das Mädchen suchte in den Redaktionsräumen, ein weiterer Runner im Heizungskeller, zwei waren auf die Straße gelaufen. Und der zehnte? Frank konnte nicht erkennen, wo der sich befand. Das Bild war zu dunkel. Hatte der etwa die Kamera zugeklebt? Das war nicht erlaubt.

Die Moderatorin griff sofort ein. »Hallo, Julius!«, rief sie den Kandidaten. »Julius, hörst du mich?« Speziell für diese Live-Show waren die Runner mit Funkgeräten ausgerüstet. In der eigentlichen Endrunde würden sie stumm sein und lediglich per Internet oder Handy mit ihren Helfern kommunizieren können.

Julius antwortete nicht.

Die Moderatorin versuchte es erneut.

Frank wollte sich nicht ablenken lassen. Er hatte keine Zeit, auf die anderen zu achten. Er musste selbst weiterkommen und endlich eine Entscheidung treffen. Er hatte nach wie vor nicht die geringste Idee, worauf das Rätsel hinauslaufen sollte oder wo er auf gut Glück mit der Suche hätte beginnen sollen. Endlich entschloss er sich, das erste Hilfstelefonat zu nutzen.

Während Frank per Funkgerät für Millionen Zuschauer hörbar bekannt gab, dass er telefonieren würde, meldete sich Julius.

Miriam las unterdessen für ihre Gruppe noch mal langsam das Rätsel vor: *»Gezeichnet von Kraft und Stärke, die mächtigste Pflanze der Welt ... «*

»Das würde hinkommen«, erläuterte Jennifer. »Welche Pflanze strahlt schon mehr Kraft und Stärke aus als ein Baum? Es gibt riesenhafte Mammutbäume und ...«

»Aber nicht hier«, wandte Kolja noch mal ein.

Jennifer stimmte ihm zu, vermutete aber, dass es zunächst um eine allgemeine Beschreibung von Bäumen ging. Diesen Schluss ließ zumindest die weitere Wortwahl des Rätsels zu.

»... *umgeben von Mystik und Zauber* ...«

»Klar!«, stimmte Miriam ein. »Zauberwälder und so. Kennt man doch!«

»... *gibt sie uns Schutz und Wärme* ...«

»Bäume und Wälder schützen vor Unwetter. Man kann aus Bäumen Häuser bauen! Und mit Holz heizt man Kamine.« Jetzt hatte auch Ben begriffen, worauf Jennifer hinauswollte. Das Rätsel schien sich Satz um Satz zu entschlüsseln.

Jennifers Handy klingelte. Frank war dran. Die Fernsehzuschauer sahen Frank jetzt zwar telefonieren, aber sie hörten den Ton nicht, weil sich daraus Tipps für die Konkurrenten hätten ergeben können. Nur die Jury hörte das Telefonat mit, um die Einhaltung der Regeln zu überwachen. Eine zweite Kamera war auf Jennifer gerichtet, die das erst mitbekam, als sie ihren eigenen Kopf in zehnfacher Lebensgröße auf der Bühnenleinwand entdeckte. Schlagartig wurde sie blass, eine Hundertstelsekunde später knallrot. Vor Aufregung verstummte sie.

Miriam stieß sie an. »Mensch, mach weiter!«

»*Tröstend bei Kummer?*«, fragte Kolja. »Das ist doch Quatsch. Wie soll denn ein Baum trösten?«

»Natürlich kann ein Baum Trost spenden!«, blaffte Kathrin Kolja an. »Einer gefühlsarmen Dampframme wie dir vielleicht nicht, aber normalen Menschen schon!«

»Die Dampframme rammt dir gleich eine, Zombie-Zicke!«

»*Erhebend bei Heiterkeit*«, ging Ben schnell dazwischen. Das fiel wohl in die gleiche Kategorie: Ein Baum mit seiner Schönheit, Anmut und Mächtigkeit konnte die Gefühle der Menschen beeinflussen.

Kathrin nickte zustimmend.

»Wovon redet ihr?«, fragte Frank per Telefon. »Ich verstehe nur Bahnhof!«

»Ich bin am Bahnhof!«, gab Julius per Funk bekannt. Er hatte seine Webcam nicht zugehalten, wie er versicherte, sondern sie war auf seinem Kopf nur verrutscht und hatte deshalb eine Zeit lang lediglich seine Haare gefilmt.

»Am Bahnhof?«, fragte die Moderatorin nach. Es war ihr sichtlich schleierhaft, wie man beim Versuch, das Rätsel zu lösen, am Bahnhof landen konnte.

»Weil es doch um einen Koffer geht, den wir suchen«, erläuterte Julius.

Die Moderatorin hatte Mühe, sich das Schmunzeln zu verkneifen.

Achmed lachte laut auf. »Mann, ist das 'ne Bratzbirne, ey. Rennt voll zum Bahnhof, weil er einen Koffer sucht. Da gibt es doch Tausende Koffer, ey. Außerdem ist der Bahnhof weiter als einen Kilometer entfernt. Wie ist denn der dort überhaupt so schnell hingekommen?«

Die Moderatorin brachte dem armen Julius schonend bei, dass er sich auf einer vollkommen falschen Fährte befand. »Diese Bratzbirne ist schon mal keine Gefahr mehr für Frank, ey!«, stellte Achmed zufrieden fest.

Kolja schaute Achmed misstrauisch an und fragte ihn, wo er das neue Wort herhabe.

»Bratzbirne?«, antwortete Achmed grinsend. »Wenn du dich den ganzen Tag angucken müsstest, wäre dir das auch eingefallen!«

Kathrin juchzte vergnügt. Kolja verpasste Achmed einen Schlag auf den Hinterkopf. Er musste aufpassen, dass sich die Gruppe nicht gegen ihn verschwor und sich darauf einspielte, ständig dumme Sprüche gegen ihn zu machen. Kolja wusste aus Erfahrung, wie schnell so etwas ging.

»... *und doch so verletzlich*«, zitierte Ben weiter.

»Eben!«, sagte Kolja, meinte damit aber nicht den Baum. »Waldrodung, Baumsterben«, fiel Ben dazu ein. »Und deshalb auch *schützenswert*! Das passt alles haargenau!«

Dieser Meinung war auch Jennifer und teilte Frank per Handy mit: »Wir sind auf dem richtigen Weg. Hör nur gut zu, wir knacken das Rätsel!«

»Die Zeit rennt!«, drängte Frank.

»Aber die anderen sind auch nicht weiter!«, beruhigte ihn Miriam. Sie behielt die Bildschirme im Auge.

Die Runner auf dem Parkplatz suchten den gesamten Platz ab. Die Ziellosigkeit, mit der sie dies taten, war ihnen anzusehen.

Raven, der Runner im Keller, schlug wütend gegen eines der Heizungsrohre. Er hatte sich verrannt. Von einem Koffer war weit und breit nichts zu sehen und auch den Ausgang fand er nicht wieder. Die Tür, hinter der er die Treppe vermutete, hatte er nun bereits zum dritten Male durchschritten. Alles sah so verdammt gleich aus dort unten. Es war nicht einmal mehr möglich, jemanden anzurufen. Denn sein Handy empfing dort unten im Keller kein Signal. Die Übertragung der Cam hingegen funktionierte einwandfrei. Die Nation sah Raven fluchen.

»Im Kreise der Ihren so mächtig und dicht ... «

Damit war ein Wald gemeint. Darin war sich die Gruppe um Ben schnell einig, obwohl es im Umkreis von einem Kilometer der Stadthalle keinen Wald gab. Und was war mit dem nächsten Satz gemeint?

»... einzeln bringt sie vielleicht sogar die Wahrheit ans Licht.«

»Welche Wahrheit?«, fragte sich Ben.

»An welches Licht?«, ergänzte Thomas die Frage. Wurde möglicherweise eine seiner Taschenlampen gebraucht, die er im Rucksack bei sich hatte?

An dieser entscheidenden Stelle wussten sie nicht weiter.

»Mist!«, fluchte Frank. Er sah auf seine Stoppuhr. Die Telefonate durften nicht länger als zwei Minuten dauern. Er hatte nur noch zehn Sekunden, bis seine

Telefonverbindung von den Spielrichtern unterbrochen werden würde. Und er war keinen Schritt weiter. Außerdem durfte er jeden Helfer in jeder Spielrunde nur einmal anrufen.

»… neun … acht … sieben … «, ertönte eine Automatenstimme in Franks Handy.

»Habt ihr's?«, rief er ins Telefon, doch da war die Verbindung schon beendet.

Frank war keinen Deut schlauer als vor dem Gespräch mit Jennifer. Er rieb sich seine schweißnassen Hände an der Hose trocken. Mittlerweile waren die anderen auch losgelaufen. Er stand allein auf der Bühne.

»Na, Frank, hat dir dein Telefonat geholfen? Hast du eine Ahnung, wo der Koffer steckt?«

Die Moderatorin war auf ihn zugekommen. Ihm gefiel, wie sie ihr Haar gekämmt hatte. Etwas Glitzer schimmerte auf ihrem Gesicht, das gefiel ihm weniger. Er verfluchte sich selbst, weil er mit seinen Gedanken abschweifte, statt sich zu konzentrieren.

Wahrheit ans Licht. Was mochte das bedeuten?

»Unser Frank scheint in eine andere Welt entflohen zu sein!«, lachte die Moderatorin in die Kamera und wischte mit der Handfläche vor Franks Gesicht herum, um zu prüfen, ob er eine Reaktion zeigte.

Frank zog den Kopf beiseite. Er war nicht fähig, etwas zu sagen. Sein Blick war gebannt auf die schöne Moderatorin gerichtet. Angestrengt versuchte er, sich zu konzentrieren. Weshalb setzten die so eine schöne Frau als Moderatorin ein, fragte er sich. Um die Kandidaten abzulenken?

»Na?«, säuselte die Moderatorin.

»Ich muss los!«, stieß Frank hervor und rannte hinaus.

Die Moderatorin sah ihm verblüfft hinterher.

»Frank ist losgelaufen!«, gab Miriam bekannt.

Alle starrten gebannt auf den Bildschirm.

Draußen vor der Tür blieb Frank ebenso ratlos stehen wie seine Konkurrenten vor ihm. Er rief sich das Telefonat mit Jennifer ins Gedächtnis. Es schien um Bäume zu gehen, einen Wald oder einen einzelnen Baum. So weit waren sie gekommen. Die mächtigste Pflanze der Welt schien der Baum zu sein.

Aber *Wahrheit ans Licht*? Er hatte keine Idee, was das bedeuten sollte. Zehn Minuten blieben ihm noch. Er nahm sich vor, noch drei Minuten zu warten, ehe er seine Freunde wieder anrief in der Hoffnung, dass sie eine Lösung gefunden hatten.

Von den Konkurrenten war nichts zu sehen. Wo suchten die? Es war ein merkwürdiges Gefühl, hier vor der Halle allein zu stehen. Allein! Von Millionen Zuschauern beobachtet und doch völlig allein! Verloren fühlte er sich, am falschen Platz zur falschen Zeit. Wenn er auf der richtigen Spur gewesen wäre, hätte doch auch einer seiner Konkurrenten in der Nähe sein müssen. Wenigstens einer! Wie sollte es erst werden, wenn die Trapper ihn jagten? Er stellte sich vor, wie er allein auf einem Platz wie diesem stehen würde, und der einzige Mensch, der vielleicht plötzlich aus dem Schatten auftauchte, wäre einer seiner Fänger. Obwohl es eine laue Sommernacht war, fröstelte ihn plötzlich. War es richtig, an diesem Spiel teilzunehmen? Hätte er vielleicht doch auf Jennifer hören sollen?

Frank wischte die düsteren Gedanken beiseite. Er hatte das Spiel angefangen, nun würde er es auch zu Ende bringen.

Oder wurde er krank? Angstgefühle kannte er sonst nur, wenn er krank war. Dabei hatte er doch wie alle anderen Runner extra noch eine Vitaminspritze bekommen, Traubenzucker gegessen und ein Fitness-Getränk zu sich genommen – ganz so wie vor großen Wettkämpfen.

Trotzdem. Irgendwie war ihm komisch zumute.

Ich muss weiter!, spornte er sich selbst an. Nicht aufgeben!

Aber wohin sollte er gehen?

Ein Blick auf die Uhr ließ ihn aufschrecken. Er stand tatsächlich schon vier Minuten lang untätig auf dem Platz! Das konnte doch gar nicht sein! Ihm kam es vor wie ein paar Sekunden. Ob seine Freunde schon etwas herausgefunden hatten?

Favorit

Frank rief diesmal Ben an. Leider musste dieser ihn enttäuschen. Sie kamen einfach nicht weiter.

»Wo sind die anderen?«, fragte Frank.

Ben schaute auf die Monitore: Julius' Cam zeigte ein stark verwackeltes Bild von einer Straße. Vermutlich rannte er vom Bahnhof zurück zur Stadthalle. Raven rüttelte an einer verschlossenen Kellertür. Der Runner Lennart hatte den Parkplatz verlassen und befragte die vor der Stadthalle stehenden Taxifahrer, ob sie zufällig beobachtet hätten, wie jemand einen Koffer versteckt hatte. Natürlich ohne Ergebnis. Philipp, der andere Runner, der den Parkplatz durchsucht hatte, war um die Stadthalle herumgelaufen und versuchte, durch den Lieferanteneingang in die Halle zu gelangen. Das Mädchen, das in den Redaktionsräumen gesucht hatte, krabbelte jetzt unter großem Beifall des Publikums durch die Zuschauerreihen, weil sie glaubte, die Koffer wären unter den Sitzen versteckt.

Franks einziger wirklich ernst zu nehmender Gegner war die Zeit. Alle anderen Runner tappten ebenso im Dunkeln wie er. Niemand der anderen hatte es geschafft, das Rätsel zu lösen. Jetzt aber nutzte auch Philipp das Telefon, nachdem er den Hintereingang verschlossen vorgefunden hatte, und auch Lennart sah nach erfolgloser Befragung der Taxifahrer nur noch in einem Telefonat eine Chance.

»Hoffentlich sind deren Helfer nicht schlauer als ihr«, bangte Frank.

»Noch ratloser als wir können die jedenfalls nicht sein«, musste Ben feststellen. Sie waren noch immer nicht weitergekommen.

»Oh, mein Lieblingslied«, rief Kathrin plötzlich, als ein neues Lied im Saal eingespielt wurde.

Achmed schüttelte den Kopf. »Sonst hast du keine Sorgen, oder was, ey? Wir zerknacken uns hier die Birne, um Frank zu helfen, und du säuselst was von Lieblingslied!«

»Holzkopf!«, lautete Kathrins Kommentar. »Keine Ahnung von schöner Musik. Niemand singt so gefühlvoll wie Enya.« Kathrin bekam einen träumerischen Blick.

Jennifer legte den Finger auf den Mund, bat ihre Freunde um Ruhe und lauschte kurz der Musik. »Warum spielen sie ausgerechnet das?«, fragte sie schließlich.

»Genau, das möchte ich auch mal wissen, ey!«, brauste Achmed sofort auf.

Jennifer ließ sich nicht ablenken. Ihre Stirn legte sich in Falten. Ihre Freunde erkannten das Zeichen sofort. Wenn Jennifers Stirn solche Wellen schlug, hatte sie eine Idee. Die Gruppe verstummte und wartete gespannt, welch genialen Gedanken die krause Stirn hervorbringen würde.

»Die Musik passt doch gar nicht zum Publikum und zum heutigen Programm«, überlegte sich Jennifer.

Kolja und Achmed nickten, wagten aber nichts zu

sagen, weil Jennifer noch immer mit erhobener Hand Ruhe einforderte.

»Was ist denn nun?«, drängelte Frank am Telefon. Die Telefonzeit lief gleich ab.

»Aber vielleicht passt die Musik zum Rätsel!«, lautete Jennifers Idee.

Achmed und Kolja verdrehten die Augen.

Miriam staunte. »Wie kommst du darauf? Was ist denn das für eine Musik?«

»Enya!«, wusste Thomas.

Doch das wussten alle. Es half ihnen bloß nichts.

Nur Kathrin kannte den Titel: »The Celts!«

»Aha!«, machte Achmed. »Und?«

»Die Kelten!«, übersetzte Jennifer.

»Was sind denn die Kelten?«, fragte Kolja.

»Mensch, nur noch eine Minute!«, jammerte Frank.

Ben bat ihn, sich noch zu gedulden. Wenn Jennifer eine Idee hatte, kam meistens etwas Gutes dabei heraus. Man musste ihr nur Zeit lassen.

»Asterix und Obelix waren zum Beispiel Kelten«, antwortete Jennifer.

»Na geil!«, lachte Achmed auf. »Dann liegt der Koffer wohl bei den Hinkelsteinen!«

»Ich meine, wenn es Asterix und Obelix wirklich gegeben hätte, wären sie Kelten gewesen. Und die Kelten wurden von den Römern *Galli* genannt: Deshalb kennen wir sie als Gallier!«

»Wow!«, machte Thomas. »Woher weißt du denn so etwas?«

Jennifer zuckte mit den Schultern. Sie las eben nicht

nur Comics wie die anderen, sondern interessierte sich auch für die Hintergründe der Geschichten, die sie las.

»Mensch!«, brüllte Frank ins Telefon. »Was macht ihr denn da?«

»Asterix und Obelix waren Kelten!«, antwortete Ben und Frank fragte sich, ob seine Freunde noch alle Tassen im Schrank hatten.

»Noch dreißig Sekunden!«, flehte er. »Wisst ihr nun etwas oder nicht?«

»Kelten!«, murmelte Jennifer.

»Moment noch!«, flüsterte Ben ins Telefon.

»Bäume!« Das war wieder Jennifer.

Dann herrschte Ruhe.

Jennifer dachte nach und die anderen beobachteten sie dabei.

»Wie hieß noch mal der letzte Satz des Rätsels?«

»Noch zwanzig Sekunden!«, meldete sich Frank.

»Einzeln bringt sie vielleicht sogar die Wahrheit ans Licht«, las Miriam vor.

»Einzeln … Wahrheit … Ich hab's!«, schrie Jennifer plötzlich. »Ich hab's!«

»Was denn?«

»Sag's!«

»Er soll meine Mutter anrufen!«, brüllte Jennifer Ben an. Ben gab das sofort an Frank weiter. Aber das brauchte er gar nicht. Jennifer rief so laut, dass Frank alles hörte.

»Zehn … «, meldete sich die Automatenstimme, die begann, die letzten zehn Sekunden des Telefonats runterzuzählen.

»Er soll sie nach dem keltischen Baumkalender fragen.«

»Neun ... «

»Keltischen was?«, fragte Ben.

»Acht ... «

»Baumkalender?«, wunderte sich Frank.

»Sieben ... «

»Der keltische Baumkalender!«, wiederholte Jennifer.

»Sechs!«

»Frag nach dem Baum der Wahrheit!«

»Fünf!«

»Solch ein Baum muss hier in der Nähe sein!«

»Vier!«

»Dort ist der Koffer!«

»Meinst du?«, fragte Frank unsicher.

»Drei!«

»Keltischer Baumkalender. Baum der Wahrheit!«, fasste Jennifer noch einmal schnell zusammen, dann wurde das Telefonat abgebrochen.

Frank kratzte sich am Kopf.

Von all dem, was Jennifer gesagt hatte, hatte er noch nie gehört. Dennoch traute er ihr. Jennifers Telefonnummer zu Hause war natürlich in seinem Handy gespeichert, weil Jennifer ja als Supporter eingetragen war. Er konnte nur hoffen, dass ihre Mutter daheim war.

Unterdessen erklärte Jennifer den anderen, was sie mit ihrer Idee gemeint hatte: Die Kelten hatten einzelnen Bäumen gewisse Kräfte zugewiesen. Etwa so, wie es heutzutage immer noch Menschen gab, die glaubten, gewisse Steine besäßen magische Kräfte und könnten Empfindungen bei Menschen abschwächen oder verstärken oder sogar heilende Wirkung haben …

»Echt? Welche denn?«, fragte Thomas interessiert. Viele Steine lagen ja einfach so in der Gegend herum. Wenn von denen einige magische Kräfte besaßen, konnte man ja gratis an magische Kräfte herankommen!

»Hinkelsteine!«, fiel Kolja dazu ein, weil er immer noch Obelix im Kopf hatte.

Jennifer warf ihm einen missmutigen Blick zu.

Miriam kannte von Jennifers Mutter einige solcher Behauptungen: »Edelsteinen spricht man solche Macht zu. Einem Diamanten zum Beispiel. Der soll angeblich gegen Lüge, Bosheit und Hinterlist wirken, wenn man ihn in den Mund nimmt. Ich glaube eher das Gegenteil. Oder alle Diamantenräuber in der Geschichte der Kriminalistik hatten die Dinger leider nie im Mund.«

»Einige Obergauner lassen sich doch sogar Brillies in die Zähne operieren«, wusste Kolja beizusteuern. »Dann müssten die ja fortan bessere Menschen werden!«

»Können wir mal wieder zu den Bäumen zurückkommen?«, drängte Ben.

Jennifer erzählte weiter: »Die Kelten glaubten eben an die Bäume. Sie hatten sogar einen Baumkalender. Das war beinahe so etwas wie ein Horoskop. Nur nicht mithilfe von Sternen, sondern mit Bäumen.«

»Das finde ich gut«, warf Kathrin ein. »Bäume finde ich besser als Sterne!«

Das fanden Achmed und Kolja überhaupt nicht. Aber es wäre ja auch ein Wunder gewesen, wenn sie mal Kathrins Meinung gewesen wären. Thomas war noch immer fasziniert von den Steinen und Jennifer versuchte erneut, zurück zum Thema zu kommen: »Und so gab es bei den Kelten eben auch einen Baum der Wahrheit.«

»Und welcher Baum ist das?«, wollte Ben wissen.

Jennifer zuckte mit den Schultern. »Keine Ahnung. Aber ich wette, meine Mutter weiß es. Die besitzt viele Bücher über solche Sachen: magische Steine, Baumkalender, Mondphasen, Heilkräuter und so.«

»Ist deine Mutter 'ne Hexe oder was, ey?«, fragte Achmed dazwischen.

»Klar!«, gab Jennifer zurück. »Und immer um Mitternacht verzaubert sie kleine Jungs, die dumm fragen!«

»Genau!«, mischte sich Kolja sofort ein. »Besonders wenn sie Achmed heißen. Dann macht sie aus denen türkischen Honig!«

»Du bist mal wieder oberwitzig, Kolja!«, meckerte Miriam und klopfte Kolja mit der flachen Hand zweimal auf den Hinterkopf, als ob in seinem Hirn etwas klemmte.

Ben hob die Hände, um Ruhe herzustellen, und fragte nach: »Und wenn wir wissen, welcher der Baum der Wahrheit ist, was dann?«

»Dann wissen wir, wo der Koffer liegt. Ich bin mir sicher, unmittelbar in der Nähe der Stadthalle wird es einen solchen Baum geben.« Jennifer erinnerte die anderen noch einmal an das Rätsel: »*Im Kreise der Ihren so mächtig und dicht – ein Wald!, einzeln bringt sie vielleicht sogar die Wahrheit ans Licht –* der Baum der Wahrheit!«

»Wenn das stimmt, bist du ein Obergenie, Jennifer!«, fand Ben.

Jennifer grinste ihren Freund an, drückte ihm einen Kuss auf den Mund und antwortete: »Das merkst du erst jetzt?«

Sie schaute hinauf zur großen Leinwand, um zu beobachten, ob Frank mit ihrer Mutter telefonierte. Ben nutzte die Gelegenheit, sich den Mund trockenzuwischen, der durch Jennifers Kuss ziemlich feucht geworden war.

Frank stand noch immer unschlüssig auf einem Fleck und wusste anscheinend nicht so recht weiter. Er schien allerdings etwas zu suchen.

»Was hat er denn?«, wunderte sich Miriam. »Hat er deine Mutter nicht erreicht?«

Jennifer schaltete von allen wieder am schnellsten. Zwar durfte Frank nur dreimal telefonieren und hatte diese drei Male jetzt auch ausgeschöpft, aber sie als Helferin durfte ja telefonieren, so oft und so viel sie wollte. Schnell rief sie ihre Mutter an, um zu erfragen, was sie Frank geantwortet hatte. Die Lösung hieß: Linde!

Die Kinder hatten zwar schon mal etwas von Lindenblütentee gehört, der gegen Fieber wirken sollte, aber im Zusammenhang mit dem Rätsel war ihnen keine Bedeutung bekannt.

Für die Kelten allerdings hatte die Linde als Gerichtsbaum gegolten, der die Wahrheit ans Licht brachte. In diesem Rätsel eben jene Wahrheit, an welchem Ort sich der Koffer befand: am Fuße einer Linde!

»Ja, und worauf wartet der dann noch?«, fragte sich nun auch Ben.

Kathrin ahnte die Antwort: »Ich wette, Frank weiß nicht, wie eine Linde aussieht!«

Ben schlug sich an die Stirn. Er fürchtete, Kathrin hatte Recht. Es war zum Verzweifeln. Da hatten sie mühselig das Rätsel gelöst, und dann scheiterte der Sieg daran, dass Frank nicht wusste, wie eine Linde aussah. Das durfte doch nicht wahr sein! Ben überlegte. Frank war doch vor einiger Zeit aufs Land gezogen. Das Haus seiner Familie stand direkt am Waldrand.

»In Franks Wald stehen keine Linden!«, erläuterte Jennifer.

»Na also, ey!« Für Achmed schien die Lösung des Problems plötzlich sehr einfach: Frank musste nur nach einem Baum suchen, den es in seinem Wald nicht gab! Aber Frank wusste nicht einmal, dass es in seinem Wald keine Linden gab.

Nicht zum ersten Mal wünschte Kathrin sich, dass nicht Franks, sondern ihre Familie aufs Land gezogen wäre.

»Wer weiß denn, wie eine Linde aussieht, ey?« Achmed hatte die Frage gestellt, aber die Blicke richteten sich auf Kathrin.

Die verzog die Mundwinkel. Wie sie es sich gedacht hatte. Sie schien – außer Jennifer vielleicht – tatsächlich die Einzige zu sein, die auf Anhieb eine Linde erkennen konnte.

Achmed grinste sie an. »Na, wer sagt's denn, ey! Wird ja wohl niemand von der Show etwas dagegen haben, wenn wir uns mal kurz die Beine vertreten, oder?«

Die anderen verstanden sofort: Kathrin musste die Linde suchen. Wenn sie an dem Baum herumstand, würde Frank den Wink schon verstehen.

Suchet, so werdet ihr finden!

Der Jubel war groß. Tatsächlich hatte Frank dank seiner Freunde den Koffer gefunden. Von jetzt an galt Frank als Favorit Nummer eins. Die Siegesfeier hatte bis spät in die Nacht gedauert. Sie hatten alle zusammen auf Kosten des Fernsehsenders in einem noblen Hotel ausgiebig gegessen, getrunken und sich immer wieder die Aufzeichnung der Suche nach dem Koffer angeschaut. Die Fernsehmacher waren zufrieden, weil die Quote ihre Erwartungen bei weitem übertroffen hatte. Und da genügend Zuschauer während der Sendung angerufen hatten, stimmte auch die Kasse.

Frank hatte diesen Abend genossen. Genauso hatte er schon immer mal im Rampenlicht stehen wollen. Gut, in seinen Vorstellungen war er immer als Spitzensportler der Held gewesen, aber so war es auch in Ordnung. Acht Interviews hatte er geben müssen und unzählige Autogramme. Das war für ihn das Komischste gewesen: Schüler, die er jeden Tag auf dem Pausenhof traf, hatten extra vor der Halle gewartet, um ein Autogramm von ihm zu bekommen.

Das Fest war vorbei, der Ernst des Spieles begann.

Frank stand am Bahnhof, abgeschirmt von einigen Bodyguards, die alle Hände voll zu tun hatten, Fotografen, Kameraleute und Fans von ihm fern zu halten. In seine Nähe hatte man neben seinen Eltern nur seine engsten Freunde gelassen. Miriam, Jennifer, Ben, Thomas, Achmed, Kolja und sogar Kathrin waren gekommen. Zeit des Abschieds für eine Woche, in der Frank sich allein in einer fremden Stadt durchschlagen, Rätsel lösen musste und sich vor allem nicht von den Trappern schnappen lassen durfte. Sein ständiger Begleiter in den nächsten Tagen würde Klaus Senninger sein, der Spielbetreuer, der ihn mit Aufgaben versorgen und ihm auf Schritt und Tritt folgen würde, um zu prüfen, ob Frank die Regeln einhielt.

Mit ein wenig Wehmut im Bauch bestieg Frank den Zug. Seine Mutter drückte ihm einen Kuss auf die Wange. Sie war strikt gegen die Teilnahme ihres Sohnes an diesem Spiel gewesen, doch Frank hatte gebettelt und gejammert, sich mit seinem Vater verbündet und schließlich ihr Einverständnis hart erkämpft. Jetzt sahen sich Mutter und Sohn in die Augen und einen Moment lang schienen beide den Ausgang der Auseinandersetzung zu bereuen.

Die Organisatoren wussten von diesen kritischen Momenten des Abschieds. Scheinbar beiläufig, in Wahrheit allerdings wohl kalkuliert, gingen sie sofort dazwischen.

»So! Achtung! Es geht los!«, rief einer der Bodyguards, obwohl nichts darauf hindeutete, dass der Zug jetzt abfahren würde. Er packte Frank am Arm und zog ihn in den Waggon hinein. Frank winkte noch schnell. Die Mutter warf ihm einen Handkuss zu. Der Vater hob beide Hände, um zu zeigen, wie sehr er die Daumen drückte. Ben warf seinem besten Freund einen Blick zu, der verlässliche Hilfe rund um die Uhr versprach. Jennifer runzelte die Stirn und kaute auf den Lippen. Miriam winkte eifrig und Kolja und Achmed verpassten den Abschied beinahe, weil sie sich mal wieder gegenseitig auf die Arme boxten.

»Halt! Halt!«, rief Thomas plötzlich. Er hielt Frank einen Rucksack entgegen.

»Was soll ich damit?«, fragte Frank.

»Mein Survivalpack für dich!«, antwortete Thomas. »Du wirst es brauchen. Ganz sicher!«

Frank lächelte seinem Freund zu. Er war sicher, nichts von all den Dingen im Rucksack würde funktionieren. Thomas war bekannt für seine Fundsachen, die sich meistens als Schrott entpuppten.

Kolja und Achmed ließen sich die Gelegenheit zum Lästern nicht entgehen.

»Was soll denn Frank noch mit 'nem vollen Müllsack, ey!«

»Glaubst du wirklich, Frank will sich mit kaputten Taschenlampen und abgebrannten Streichhölzern rumärgern?«

Thomas gönnte den beiden nur einen kurzen Blick. »Die Sprachrohre der Ahnungslosen!«, lautete sein Kommentar. Dann zwinkerte er Frank zu und wünschte ihm viel Glück.

Frank winkte seinen Freunden ein letztes Mal zu. Die Türen schlossen sich. Der Zug fuhr ab.

Im Abteil überreichte Klaus Senninger Frank einen Umschlag, der seine erste Aufgabe in der fremden Stadt enthielt.

Als eingetragene Supporter würden Ben und seine

Freunde die Aufgabe nach Eingabe eines Passwortes im Internet nachlesen konnten, so dass sie Frank helfen konnten. Die Trapper bekamen die Aufgabe nicht zu Gesicht. Sie mussten ihren Runner ohne Hinweise finden.

»Jetzt ab nach Hause, die Aufgaben angucken!«, rief Ben. »Wer kommt mit?«

Alle kamen mit.

Während Ben und die anderen sich auf den Weg machten, öffnete Frank den Umschlag. Er hoffte, die bevorstehende Aufgabe würde ihm mehr liegen als jene am Samstagabend. Aber selbst bei der hatte er ja gewonnen. Er kratzte sich im Nacken, der seit neuestem so merkwürdig juckte, und öffnete den Umschlag. Darin lag lediglich ein Zettel, auf dem stand: *Suchet, so werdet ihr finden!*

Frank las den Satz eher beiläufig, zog die Öffnung des Umschlags auseinander, sah hinein, drehte den Umschlag um und schüttelte ihn. Es fiel nichts heraus. Frank sah auf den Boden, stand auf, untersuchte seinen Sitz, schaute sogar auf allen vieren unter den Sitz, doch auch dort fand er nichts. Er konnte es nicht glauben und doch war es so: In dem Umschlag war nicht mehr gewesen als dieser eine Zettel mit dem merkwürdigen Satz *Suchet, so werdet ihr finden!*.

»Wo ist das Rätsel?«, fragte er seinen Betreuer.

»Das ist das Rätsel!«, antwortete dieser.

Frank ließ sich mit dem Hinterkopf gegen die Lehne fallen. Mit solchen Rätseln würde er das Spiel niemals gewinnen!

»Geht es dir gut?«, fragte Klaus Senninger.

»Ja, wieso?«, fragte Frank zurück. »Ich finde nur die Aufgabe etwas merkwürdig.«

Senninger nickte. »Wenn es dir nicht gut geht, sag es mir, okay?«

»Mir geht es immer gut«, entgegnete Frank.

Ben startete seinen PC, wählte sich ins Internet und schaute auf seine Startseite, welche die neuesten Informationen aus Neustadt zeigte, die Stadt, in die Frank gerade reiste. Extra für dieses Spiel hatte Ben sich diese Startseite eingerichtet, die ihn auf einen Blick über das Wetter und die lokalen Nachrichten von Neustadt informierte, aber auch sämtliche Links enthielt, die es zu Reality Game gab: Unter anderem jene Verknüpfung, die ihn zu den Rätseln führte, welche Frank zu lösen hatte.

Wenn es nach Miriam gegangen wäre, die Ben über die Schulter schaute, hätte sie die Startseite schnell übersprungen, um sofort zu dem Rätsel zu gelangen. Ben hingegen rief erst alle neuen Informationen aus der Stadt ab. Miriam stöhnte und trommelte nervös mit den Fingern auf Bens Schulter.

Er zog seine Schulter ruckartig beiseite. »Lass das!«

»Be-ei-lung!«, antwortete Miriam gedehnt.

»Verrückt!«, sagte Ben.

Miriam verpasste Ben einen Klaps auf den Hinterkopf. »Nicht gleich frech werden, junger Mann!«

Ben winkte ab. »Dich meine ich doch gar nicht. Hier!« Er zeigte auf eine Nachricht auf dem Bildschirm. Seit den Morgenstunden, hieß es in der Meldung, hielt eine noch unbekannte Anzahl von Tätern in der städtischen Galerie von Neustadt eine ebenfalls noch unbekannte Zahl von Opfern als Geiseln fest.

»Voll bescheuert!«, befand Kolja. »Wer nimmt denn Geiseln in einer Galerie? Dort ist doch nichts zu holen!«

Er täuschte sich gewaltig.

Jennifer setzte sich Ben halb auf den Schoß und las weiter. Die Geiselnehmer forderten von der Stadt zehn Millionen Euro Lösegeld.

»Wer zahlt denn zehn Millionen für unbekannte Geiseln, ey?«, fragte Achmed in die Runde.

»… oder«, las Jennifer weiter, »die Täter würden jede Stunde eines der Gemälde zerstören.« Erschrocken blickte sie die anderen an.

»Lösegeld nicht für die Geiseln, sondern für die Gemälde!«, erkannte Ben, worauf Kolja sich an die Stirn tippte und Achmed loskicherte: »Zehn Millionen für'n paar Bilder, ey. Das wird ja immer krasser. Die Typen haben ja wohl den total fetten Dachschaden, ey!«

»Kommt darauf an, was für Bilder es sind!«, widersprach Jennifer.

»Hier steht's doch!«, sagte Ben und las vor: »Die städtische Galerie beherbergt in diesen Tagen eine der sensationellsten Wanderausstellungen der letzten Jahre: Europas größte Sammlung von Gemälden des niederländischen Malers Vincent van Gogh.«

»Schon mal was von van Gogh gehört?«, fragte Jennifer.

Achmed nickte. »Logo, ey, der Typ mit dem abgeschnittenen Ohr!«

Jennifer erklärte den anderen, dass van Goghs Bilder zu den teuersten der Welt gehörten: Sie kannte zwar nicht den Wert jener Bilder, die gerade in Neustadt ausgestellt wurden, aber das viertteuerste Gemälde der Welt stammte von van Gogh*. Es war für mehr als achtzig Millionen Dollar verkauft worden.

Thomas ließ sich auf Bens Sofa fallen und begann zu träumen. Wenn doch nur eines der alten Bilder, die er auf dem Sperrmüll gefunden hatte und die seit Jahren in seiner Garage vor sich hin moderten, je einen solchen Wert erreichen würde! Er nahm sich vor, noch am selben Abend nachzusehen, was für Bilder er eigentlich besaß. Vielleicht war ja ein van Gogh dabei und er wusste es gar nicht?

Da Bilder von solchem Wert sehr gut gesichert und als heiße Ware nur schwer verkäuflich waren, hatten sich die Täter für die brutale Methode entschieden. Sie hatten Geiseln genommen, um einer Stürmung durch die Polizei vorzubeugen, und verlangten nun zehn Millionen Euro, wenn die Gemälde unversehrt bleiben sollten.

Achmed und Kolja mussten eingestehen, dass die Täter keineswegs einen Dachschaden hatten, sondern sich eher eine besonders raffinierte Methode der Lösegeld-Erpressung ausgedacht hatten.

»Und genau dorthin ist Frank jetzt unterwegs?«, fiel Miriam ein. »Shit. Da ist doch jetzt die Hölle los. Hoffentlich fällt sein Spiel nicht aus!«

* Vincent van Gogh: »Portrait des Dr. Gachet«
Verkauft bei Christie's in New York am 15. Mai 1990 für 82,5 Millionen Dollar

Das konnten sich die anderen nicht vorstellen. Die Organisatoren hatten viel zu viel Geld in das Spiel gesteckt, als dass man es jetzt abbrechen könnte.

Also klicken die Kinder sich weiter auf Franks Rätsel. In diesem Moment ahnte niemand, dass dieser Überfall für sie noch eine bedeutende Rolle spielen würde.

Planspiel

»Kommt nicht infrage!« Der Mann mit der Glatze schlug die flache Hand auf den Tisch. »Das ist mein letztes Wort!«

Der Mann mit der Sonnenbrille ließ sich nicht beeindrucken. Er wusste, dass das letzte Wort noch nicht gesprochen war, weil die Entscheidung eine Etage höher getroffen wurde und vermutlich bereits getroffen war. Mit gespielter Gelassenheit sah er auf die Uhr. »In fünfzehn Minuten geht der erste van Gogh über den Jordan! Für immer. Ein Stückchen Kulturgeschichte im Eimer.«

»Und die Geschichte der Menschenrechte ist dir nichts wert?« Der mit der Glatze erhob sich schnaufend. Seine Bandscheibe machte sich bemerkbar. Er versuchte, sich den Schmerz nicht ansehen zu lassen, Obwohl es nur noch vier Wochen bis zu seiner Pensionierung waren, sollte man ihn nicht zum alten Eisen zählen.

»Wir hätten die Sache in wenigen Minuten im Griff ... «, startete der mit der Sonnenbrille einen neuen Versuch.

»... oder in wenigen Minuten eine Katastrophe ausgelöst«, konterte der Glatzkopf. »Über Risiken und Nebenwirkungen liegen keine verlässlichen Ergebnisse vor.«

»Falsch!«, entgegnete der mit der Sonnenbrille. »Unzählige Testreihen sind völlig problemlos verlaufen. Der letzte, abschließende Praxistest steht kurz vor dem Ende. Danach steht uns das Mittel ohnehin zur Verfügung.«

Der Glatzkopf winkte ab. »In frühestens zwei Jahren!«

Der mit der Sonnenbrille nickte. In diesem Punkt musste er seinem Kollegen Recht geben. Die nächsten zwei Jahre benötigte die Bürokratie für etliche Genehmigungsverfahren. Doch abgesehen davon war die Technik längst einsatzfähig.

»Jeder Zugriff gefährdet die Geiseln!«, befürchtete der Glatzkopf.

»Dieser nicht!«, konterte der mit der Sonnenbrille stur. Die Tür des Containers, in dem die beiden Männer saßen, wurde aufgestoßen.

Ein Wachtmeister schaute herein.

»Herr Hauptkommissar, da will Sie jemand sprechen!« Der Glatzkopf ging zur Tür, steckte den Kopf aus dem Container und blickte auf eine brünette Frau um die fünfzig.

Kaum hatte der Wachtmeister den Glatzkopf als Hauptkommissar Fröhlich vorgestellt, brach es aus der Frau heraus: »Eine ganze Klasse ist dort drinnen!«

Sie zeigte mit zittriger Hand auf die Galerie.

Der Hauptkommissar blickte zur Galerie hinüber, sah der Frau anschließend in die Augen und fragte, was eine Schulklasse an einem Sonntagabend in einer Galerie zu suchen hatte.

»Montags hat die Galerie geschlossen«, lautete die

Erklärung. »Und da die 8a morgen in den ersten beiden Stunden Kunstunterricht hat, wollten sie sich heute Abend die Ausstellung anschauen. Eben im Rundfunk habe ich von der Geiselnahme erfahren!«

»Und Sie sind?«

»Frau Vogel-Specht. Ich bin die Direktorin der Neustädter Gesamtschule!«

Hinter Hauptkommissar Fröhlich erschien der Mann mit der Sonnenbrille. Er hielt ein Handy in der Hand.

»Ich glaube, jetzt stellt sich die Frage noch ein wenig dringlicher«, sagte er an seinen Kollegen gewandt und reichte ihm das Handy.

Hauptkommissar Fröhlich wusste, wen er anrufen sollte. Die Entscheidung lag beim Innenminister. Es ärgerte ihn. Ohne seinen jungen Kollegen wäre er gar nicht erst in die unangenehme Lage gekommen, diese Entscheidung treffen zu müssen. Aber der neue, junge Kollege kam vom Bundeskriminalamt. Er war offenbar ganz versessen darauf, die neue Methode auszuprobieren. Dem Hauptkommissar war nicht wohl in seiner Haut. Er hatte von den Tests gelesen. Allerdings stand dort nie, wo die Tests stattgefunden hatten. Auch der noch laufende, groß angelegte Praxistest war so geheim, dass niemand wusste, wer ihn wo durchführte. Irgendwann würde man die Ergebnisse präsentiert bekommen. Ohne Einzelheiten. Vermutlich steckte das Militär dahinter. Ihm kam die Sache sehr eigenartig vor.

Franks Rätsel

Frank hatte von der Geiselnahme nichts mitbekommen. Er war vom Bahnhof direkt zum Hotel gebracht worden. Jetzt lag er auf dem riesigen Doppelbett und grübelte. Morgen früh um acht würde er vom Spielbetreuer abgeholt und irgendwo in Neustadt abgesetzt werden. Von diesem Moment an begann das Lösen des ersten Rätsels und die Suche nach dem zweiten. Er überlegte, wie er sich vorbereiten konnte. Leider fiel ihm zu dem Rätsel überhaupt nichts ein.

Suchet, so werdet ihr finden.

Seine Oma sagte das immer, wenn im Haus etwas verloren gegangen war. Woher kannten die Reality-Game-Leute die Sprüche seiner Oma? Wahrscheinlich stammte der Spruch gar nicht von ihr. Sie hatte ihn wohl auch nur irgendwo aufgeschnappt. Aber wo? Eines war jedenfalls klar: Wenn seine Oma ihn kannte, musste es eine uralte Weisheit sein.

Frank stand seufzend auf und begann, das Zimmer näher unter die Lupe zu nehmen. So komfortabel hatte er noch nie übernachtet. Das Bad wie aus Marmor, Telefon, Fernseher, DVD-Anlage, sogar einen Tresor und einen Kühlschrank voller Getränke gab es. Allerdings lag auch eine Preisliste dabei. Frank warf einen Blick darauf und schloss den Kühlschrank schnell wieder. Den Preisen nach zu urteilen waren die Flaschen nicht mit Saft, sondern mit flüssigem Gold gefüllt.

Die Schränke waren leer bis auf ein eigenartiges Gerät, das Frank noch nie gesehen hatte. Zum Glück pappte ein Schildchen darauf: »Hosenbügler«. Frank konnte sich nicht vorstellen, wie man mit diesem Gerät eine Hose bügeln sollte. Auf dem Schreibtisch lag ein Stapel Prospekte. Einer davon ließ sein Herz höher schlagen. Im Hotel gab es ein Schwimmbad und einen Fitnessbereich! Der Abend war gerettet. Schnell durchsuchte Frank noch die Nachtschränkchen, fand darin aber nur eine Bibel.

Eine Bibel?

Frank überlegte, ob sie zum Hotel gehörte oder ob vor ihm ein Pfarrer im Zimmer gewohnt hatte, der sie vergessen hatte.

Er zuckte mit den Schultern, schloss die Schublade, schüttete den Rucksack aus, den er von Thomas erhalten hatte, und sortierte den Inhalt: ein Stück Kreide. Wozu sollte er Kreide benötigen? Da sie aber kaum Platz einnehmen würde, beschloss er, sie mitzunehmen. Eine Taschenlampe. Er probierte sie aus. Zu seiner Verwunderung funktionierte sie! Also kam sie ebenfalls in seinen Rucksack. Außerdem eine Kerze und eine Schachtel Streichhölzer, von denen die Hälfte abgebrannt war. Frank schmunzelte. Eine aufgerollte Schnur und eine halbe Rolle Klebeband landeten im Rucksack, einen von zwei Fitness-Riegeln aß er sofort, einen Becher mit abgebrochenem Henkel und einen Kugelschreiber mit leerer Mine warf er in den Papierkorb. Da die Idee aber nicht schlecht war, steckte er sich den Kugelschreiber vom Hotelschreibtisch ein. Den Reflektor sortierte Frank aus, ebenso die verrostete Fahrradklingel und das verbogene Camping-Essbesteck. Von dem vierzehnteiligen Schweizer Taschenmesser waren zwar sieben Teile abgebrochen, aber die übrig gebliebenen würden ihren Zweck erfüllen. Er betrachtete die Sammlung der Dinge, die er mitnehmen würde. Thomas wurde oft belächelt, aber eines musste man ihm lassen: Seine Geschenke waren sorgfältig ausgewählt. Manches von all diesen Dingen würde er während des Spieles bestimmt brauchen können. Es war jedenfalls ein schönes Gefühl, so tolle Freunde zu haben.

Als er Thomas' Rucksack beiseite räumen wollte, fiel noch ein kleines Päckchen heraus. Es war in Geschenkpapier eingewickelt und mit einer schönen Schleife gebunden. Frank stutzte und las das Kärtchen, das daran hing.

Lieber Frank!
Du bist in einem Luxus-Hotel untergebracht.
In Luxus-Hotels gibt es Fitnessräume und Schwimmbäder.
Sportzeug trägst du ja immer.
Aber hast du auch an eine Badehose gedacht?

Frank wühlte sofort sein Sportzeug in der Reisetasche durch und verfluchte sich, weil er tatsächlich keine Badehose dabeihatte. Er öffnete das Päckchen und zum Vorschein kam – eine Badehose!

»Thomas, du bist der genialste Freund der ganzen Welt!«, rief Frank laut.

Dann hielt er für einen Moment inne. Nie und nimmer handelte es sich um ein neues, gekauftes Exemplar. Es war ein Geschenk von Thomas! Frank überlegte, wo Thomas diese Hose wohl gefunden und wer sie schon alles getragen haben mochte. Er war kurz davor, die Hose in den Abfall zu befördern. Da er aber keine Badehose dabeihatte, besann er sich. Schnell verdrängte er die Ekel erregenden Gedanken, stellte sich einfach vor, dass Thomas sie gründlich gewaschen hatte (obwohl das mit Sicherheit nicht der Fall gewesen war), klemmte sie mit Handtuch, Bademantel und Sportsachen unter den Arm und verließ das Zimmer, um mit dem Fahrstuhl hinunter in den Fitnessbereich zu fahren.

»So ein blödes Rätsel!«, fand Kolja. Ben hatte soeben die Internetseite aufgerufen, auf der sie Franks Rätsel nachlesen konnten. »*Suchet, so werdet ihr finden!* Was soll denn das bedeuten? Das ist doch kein Rätsel!«

»Noch blöder ist, dass Frank erst morgen früh um acht auf die Suche geht, wenn wir Schule haben, ey«, ärgerte sich Achmed. »Wie sollen wir denn Frank helfen, wenn wir in der Schule herumsitzen?«

Alle stimmten Achmed zu. Niemand verstand, weshalb es nicht bundesweit eine Woche schulfrei gab, um die eigenen Runner unterstützen und die fremden fangen zu können. Als sie es in der Schule angesprochen hatten, hatte der Direktor sich nur an die Stirn getippt und die Kinder gefragt, ob sie zu heiß gebadet hätten. Man würde doch wegen einer mehr als fraglichen Fernsehshow den Schulbetrieb nicht einstellen.

So schmorten Ben, Jennifer, Miriam und die anderen im Unterricht, als Frank sein Spiel begann.

Frank war vom Spielbetreuer mitten in der Stadt abgesetzt worden. In der Nähe des Bahnhofes konnte er in der Menge des normalen Berufsverkehrs untertauchen. Die kleine Internetkamera trug er an einer Art Stirnband, welches zusätzlich mit einem Lederriemen unterm Kinn befestigt war, ähnlich wie ein Fahrradhelm. Ein kleiner Chip an seinem Handgelenk sorgte für die Verbindung mit einem GPS-System, mit dem die Spielleiter Franks jeweiligen Aufenthaltsort, der natürlich geheim blieb, orten konnten.

»Viel Glück!«, gab ihm der Spielbetreuer mit auf den Weg und verschwand. Frank war allein auf sich gestellt. Er fühlte sich wie zwei Tage zuvor während des Spiels in der Fernsehshow. Er stand da und wusste nicht, wo er hingehen sollte. *Suchet, so werdet ihr finden.* So lautete sein Rätsel. Wo und wie sollte er aber die Suche beginnen?

Anders als während der Fernsehshow blieb Frank keine Zeit, über diese Frage nachzudenken. Zwei Jungs gingen an ihm vorbei, die entweder verspätet zur ersten Stunde unterwegs waren oder sich zu früh zur zweiten Stunde auf den Weg gemacht hatten. Die Idee der Spielorganisatoren jedenfalls, die Runner zeitgleich mit Unterrichtsbeginn in den Städten auszusetzen, damit sie nicht sofort erkannt wurden, schlug in Neustadt fehl.

Es dauerte keine fünf Sekunden, bis einer der beiden Jungs Frank erkannt hatte: »Da ist Frank!«, brüllte er so laut, dass Frank erschrocken zusammenzuckte. Sollte er es in der Endrunde nicht länger als fünf Sekunden ausgehalten haben?

Er drehte sich zu den Jungs herum und atmete auf. Die beiden Jungs gehörten nicht zu den Trappern. Das war unschwer zu erkennen, denn die Trapper trugen spezielle Shirts und Caps, die sie als solche kennzeichneten. Glück im Unglück nannte man so etwas wohl, dachte Frank. Trotzdem: Die Jungs durften ihn zwar nicht fassen, aber sie konnten die Trapper übers Internet informieren. Damit war sein Ausgangspunkt schon mal verraten.

Frank fluchte und verließ das Bahnhofsgebäude, lief über die Straße hinüber zu einer Straßenbahnstation. Er schaute sich um, ob die Bahn schon zu sehen war – und fluchte erneut. Die beiden Jungs waren nicht, wie er gehofft hatte, ins nächste Internetcafé gelaufen, um die Trapper zu informieren, sondern sie verfolgten ihn. Einer der beiden tippte während des Laufens etwas in sein Handy. Er musste zugeben, so hätte er es auch gemacht: Die beiden blieben ihm auf den Fersen und teilten irgendjemandem, der irgendwo an einem Computer saß, seinen Standort mit. Die Trapper brauchten nur noch loszulaufen und ihn abzufangen, wenn ihm nicht sofort einfiel, wie er aus dem Blickfeld der beiden Jungs verschwinden konnte.

»Verdammt!«, fluchte Frank ein drittes Mal. Schlechter hätte die Endrunde für ihn gar nicht beginnen können. Daran hatte er nicht gedacht, als er am Samstagabend seine neu gewonnene Prominenz genossen hatte. Durch die große Fernsehshow kannte ihn wirklich jeder. Er hatte nicht nur fünf Trapper an den Hacken, sondern nahezu alle Jugendlichen zwischen 10 und 16 Jahren dieser Stadt – jene Bevölkerungsgruppe also, bei denen die Fernsehshow Reality Game eine Einschaltquote von bis zu 65 % erreichte.

Das zusätzliche Problem: Seine Verfolger kannten sich in der Stadt aus, er nicht. Aber genau das war ja der Sinn des Spiels. Er hatte gewusst, dass es nicht einfach werden würde. Schließlich befand er sich in der Endrunde, unter den Besten der Besten. Nun musste er zeigen, was er draufhatte. Unsichtbar müsste er sich machen! Da er aber Frank hieß und nicht Harry Potter, musste er sich etwas Besseres einfallen lassen.

Schon überquerten die Jungs die Straße. Die Straßenbahn fuhr ein. Die Jungs mussten stehen bleiben oder um die Straßenbahn herumlaufen, um auf seine Seite zu gelangen. Das war seine Chance. Er hatte nur wenige Sekunden. Länger würden die beiden nicht brauchen, um die Straßenbahn zu umkurven.

Er brauchte eine Idee. Sofort! Wohin? In die Bahn einzusteigen war zu simpel. Die Jungs würden ihm folgen. Weglaufen? Zur rechten Seite würde er ihnen direkt in die Arme rennen, links musste er zu lange geradeaus laufen und würde von den Jungs leicht gesehen werden. Nach hinten ging nicht. Dort stand das Wartehäuschen. Genau das brachte Frank auf eine glorreiche Idee!

Freistunde

Ben und seine Freunde hatten Glück. Kaum hatten sie das Schulgelände betreten, erwartete sie schon die Nachricht: Frau Krützfeld-Loderdorf hatte sich kurzfristig krankgemeldet. Eine Vertretung war so schnell nicht aufzutreiben gewesen. Der Lehrer der Nachbarklasse hatte die Schüler im Klassenraum versammelt, ihnen eine Aufgabe zur stillen Beschäftigung übertragen und sie allein gelassen.

Natürlich dachte niemand daran, sich mit der Aufgabe zu beschäftigen. Kaum hatte der Lehrer den Raum verlassen, hatten sich alle um Ben versammelt und sahen ihn erwartungsvoll an. Unausgesprochen wusste Ben, was die anderen von ihm erhofften. Er sollte es möglich machen, Frank live im Internet verfolgen zu können.

»Ihr haltet mich auch für Luther Stickell, oder?«, fragte Ben in die Runde.

Da Kathrin, Jennifer und Thomas nicht wussten, wer das sein sollte, erklärte Miriam ihnen schmunzelnd, dass Luther Stickell der Name des Computerspezialisten im Film *Mission Impossible 2* war. »Ich denke, dafür bist du zu blass!«, fügte sie noch an Ben gerichtet hinzu, ließ aber offen, ob sie auf Bens Hautfarbe oder seine Fähigkeiten anspielte.

»Komm schon, Ben!«, drängelte Kolja. »Du willst uns doch nicht erzählen, dass du den ganzen Vormittag in der Schule verbringst, ohne online gehen zu können. Das hältst du doch gar nicht aus.«

»Muss er ja auch nicht«, warf Kathrin ein. »Wir haben doch einen Computerraum in der Schule!«

»Blitzmerker mit Holzantenne!«, wandte Thomas ein. »Denkst du, darum haben wir uns nicht längst gekümmert?« Er zog einen Zettel aus seiner Hosentasche, entfaltete ihn und legte ihn auf den Tisch. Alle – außer Kathrin – wussten, was das für ein Zettel war: der Belegungsplan des Computerraums.

»Die 10a hat dort jetzt Unterricht!«, teilte Thomas mit.

»Blöde 10a, ey!«, kommentierte Achmed.

Wieder richteten sich alle Blicke auf Ben.

Ben druckste noch ein wenig herum, bis er zugab: »Na schön! Ich habe eine Möglichkeit!«

Miriam strahlte. »Ihr dürft ihn ab sofort Luther nennen!«

Kolja und Achmed knufften sich. »Geil, ey!«

Jennifer gab Ben ein Küsschen auf die Wange. »Du bist der Größte!«

»Aber es ist heikel und verboten!«, gestand Ben.

Jennifer zog die Stirn kraus, Miriams Strahlen ließ ein wenig nach, Kolja und Achmed verstanden das Problem nicht.

»Wir müssen den Klassenraum verlassen!«, verkündete Ben.

»Okay!«, rief Kathrin mutig in die Runde. »Ich bin bereit dazu!«

Kolja und Achmed kicherten los, Miriam schüttelte den Kopf, Jennifer schmunzelte und Thomas brachte es auf den Punkt: »Ich glaube nicht, dass es das war, was Ben mit *verboten* meinte!«

»Natürlich nicht!«, bestätigte Ben.

»Nein?«, fragte Kathrin unsicher. »Was dann?«

»Okay!«, entschied Ben. »Kommt mit!«

Kolja und Achmed wollten die Ersten sein. Sie rannten zur Tür.

»Halt!«, stoppte Ben die beiden. »Nicht dort entlang.« Er nickte mit dem Kopf zum Fenster. »Dort raus!«

Über die Wiese hinter den Pavillons schlichen Ben und seine Freunde zur Straße. Sie kletterten über den niedrigen Zaun, der die Schule umgab, überquerten die Straße, bogen in die nächste Querstraße und machten Halt vor einem Bürohaus, in dem unter anderem eine Werbeagentur untergebracht war.

»Was sollen wir hier?«, fragte Miriam. »Ich denke, wir wollen ins Internet?«

»Gehen wir auch«, versprach Ben und zeigte auf ein Graffiti an der Hauswand.

»Hässlich«, lautete Koljas Urteil. »Echt von Anfängern gemacht.«

»Nein, von Hackern«, widersprach Ben. »Das ist kein Graffiti, sondern ein Code!«

Erst jetzt, als Ben es sagte, erkannten die anderen, dass in dem Graffiti tatsächlich zwei Buchstaben-Zahlen-Kombinationen versteckt waren.

»Ich habe mir die Codes früher schon abgeschrieben!«, erklärte Ben den anderen. »Wer von euch den noch braucht, sollte es jetzt auch tun. Bestimmt übermalen die das Graffiti bald!«

Die anderen verstanden nicht, was ihr geplanter Ausflug ins Internet mit der Sprüherei an der Hauswand zu tun haben sollte.

Ben drückte unterdessen einen der Klingelknöpfe und wartete auf eine Rückmeldung in der Gegensprechanlage. »Hallo?«, fragte jemand.

»Werbung!«, rief Ben in das Mikrofon.

Der Summer wurde betätigt, die Tür öffnete sich.

»Die lassen dich einfach hinein, bloß weil du Werbung sagst?«, wunderte sich Thomas.

Ben lachte. »Meinst du, eine Werbeagentur hat etwas gegen Werbeprospekte einzuwenden? Die wollen doch schauen, was die Konkurrenz so treibt.«

Achmed wollte gerade die Treppen hinauflaufen, als Ben ihn zurückhielt und in den Keller zeigte. Er führte die Gruppe hinunter in die Kellerräume, die nicht verschlossen waren. Dort hockte er sich einfach auf den Boden, legte seinen Laptop auf den Schoß, startete ihn und verkündete eine Minute später: »Bingo, wir sind drin!«

»Im Internet?«, wunderte sich Jennifer. »Wie das denn?«

Ben zeigte auf die Seite seines Laptops, in der eine kleine Karte steckte. Eine so genannte kabellose Netzwerkkarte, wie er den anderen erläuterte, WLAN-Karte genannt. Mit ihr konnte man eine drahtlose Verbindung zu einem bestehendem Netzwerk aufbauen. Die Werbeagentur – so wusste er – hatte ihre Computer mit einem solchen Funknetzwerk verbunden. Mit jeder beliebigen WLAN-Karte aus dem Kaufhaus konnte man sich nun mit seinem Computer über den Hauptempfänger, den Accelator, in dieses Netzwerk einbinden. Vorausgesetzt, man kannte das Passwort und den SSID-Code für dieses Netzwerk.

»Und du kennst beides?«, wunderte sich Thomas.

»Viele Firmen glauben einfach, sie wären von Hacker-Attacken nicht betroffen, und ändern die standardmäßige Voreinstellung der Empfänger-Geräte nicht. Folglich sind die Codes bekannt. Diese Werbeagentur hat so einfältige Geschäftsführer.«

»Und woher kennst du die standardmäßige Einstellung der Empfänger?«, wollte Achmed wissen.

Ben lachte. »Stand doch an der Hauswand! Das Graffiti waren die Codes. Es gibt viele solcher Firmen in der Stadt mit solchen Graffitis. Die Hacker-Szene teilt sich auf diesem Wege mit, wo man über so genannte Firmen-Hotspots gratis ins Internet gehen kann!«

»Gratis?« Thomas Augen begannen zu leuchten.

»Klar!«, bestätigte Ben. »Wir gehen über das Netzwerk der Werbeagentur ins Internet. Für uns ist es gratis und die Agentur kostet es auch keinen Cent. Die ist ja ohnehin immer online. Es ist egal, wie viele Computer ans Netzwerk angeschlossen sind.«

»Dann ist ja alles legal und unproblematisch«, glaubte Jennifer.

»Na ja«, räumte Ben ein. »Wir könnten jetzt natürlich Daten der Agentur herunterladen. Aber das wollen wir ja nicht. Wir wollen ja nur ins Internet!«

Ben hatte während seiner Erklärungen die Webseite

geöffnet, die Passwörter eingegeben, die sie als registrierte Supporter von Frank ausgaben, und öffnete das Fenster, mit dem sie das Bild von Franks Kamera empfingen.

»Wo ist der denn?«, wunderte sich Jennifer.

Sie sahen Menschen an einer Bushaltestelle. Allerdings von oben.

Flucht

Frank machte sich so flach wie möglich. Mit einem gekonnten Aufschwung hatte er sich aufs Dach des Wartehäuschens gehoben. Nur einen Moment hatten die Passanten ihn staunend dabei beobachtet. Dann fuhr die Straßenbahn ein und die Leute hatten anderes zu tun, als einen Jungen zu beobachten, der sich nicht zu benehmen wusste.

Jetzt lag Frank oben auf dem Wartehäuschen und presste sich bäuchlings aufs Dach. Vorsichtig beobachtete er die beiden Jungs, die ihn verfolgten. Direkt unter ihm blieben sie stehen, drehten sich nach allen Seiten um. Man sah ihnen ihre Verwirrung an. Eben waren sie ihm doch noch auf den Fersen gewesen. Jetzt schien Frank wie vom Erdboden verschluckt.

Doch das Gegenteil war der Fall. Nicht unter die Erde, sondern nach oben zu fliehen, war Franks Idee gewesen.

Seine Verfolger standen auf den Zehenspitzen, reckten die Hälse, schauten nach links, rechts, vorn, hinten, nur nicht nach oben.

Man schaut nicht nach oben, wenn man jemanden sucht. Da Menschen nicht fliegen können, wird die Richtung nach oben automatisch ausgeschlossen. Frank hoffte, die beiden Jungs hielten sich an diese Regel und würden sich gleich wieder verziehen.

Ben und seine Freunde benötigten einige Zeit, um zu begreifen, was sie auf dem Bildschirm sahen. Stück für Stück rekonstruierten sie, in welcher Lage Frank sich befand. Als sie die Zusammenhänge verstanden hatten, verzogen sich die beiden Verfolger endlich.

»Gott sei Dank!«, stieß Miriam aus. »Das wäre ja eine Katastrophe, wenn Frank gleich in den ersten beiden Stunden geschnappt worden wäre!«

Die Gefahr war allerdings noch nicht gebannt. Auch wenn die Jungs Frank aus den Augen verloren hatten, so würden sie ihren Trappern doch auf jeden Fall die Position durchgeben, wo sie ihn zuletzt gesehen hatten. In kurzer Zeit würden die ersten Trapper hier auftauchen und die Fährte aufnehmen.

»Wieso Gott sei Dank?«, fragte Ben. »Das war nicht Gottes, sondern *Franks* Geschick, dass er den Verfolgern entkommen ist.«

»Ober-Schlauberger!«, antwortete Miriam. Sie stellte sich gerade vor, wie Frank in Windeseile auf das Wartehäuschen geklettert sein musste. Aber vermutlich war er nicht geklettert, sondern gleich direkt aufs Dach gesprungen. So, wie sie Frank kannte! Sie musste über ihre eigenen Gedanken lachen.

»Aber natürlich!«, rief Jennifer plötzlich. »Das ist es!« Jennifer hatte wieder einen ihrer Geistesblitze. Niemand konnte sich erklären, wodurch der hervorgerufen worden war und welche Idee sie nun hatte.

»*Gott!* Das ist es!«, rief Jennifer.

Miriam kratzte sich am Kopf. Was war denn mit ihrer Freundin los?

Jetzt dreht sie voll durch, ey!«, kommentierte Achmed.

Bevor die anderen auch noch kluge Kommentare abgeben konnten, erklärte Jennifer: »Wir haben doch das Jahr der Bibel!«

»So?«, fragte Ben. Davon war ihm nichts bekannt. Auch die anderen hatten davon noch nie gehört.

»Na ja, irgendwie ist doch jedes Jahr nach irgendwas benannt!«, meinte Jennifer. »Es gab schon das Goethe-Jahr, das Jahr des Kindes, was weiß ich. Dieses Jahr eben das Bibel-Jahr!«

»Na und?«, fragte Kolja. Solche nach irgendetwas benannten Jahre gingen ihm ziemlich am Allerwertesten vorbei.

Für Medienleute allerdings spielten solche Jahre immer eine Rolle, also bestimmt auch für die Initiatoren des Spiels. Und wenn man das Rätsel unter diesem Aspekt betrachtete, dann fiel einem auch schnell ein, woher das Zitat *Suchet, so werdet ihr finden* stammt: eben aus der Bibel!

»Genial, Jenni!«, freute sich Miriam. »Das bedeutet … «

Die Lösung sangen alle im Chor: »… das Versteck ist in einer Kirche!«

Als Frank vom Wartehäuschen sprang, meldete sein Handy mit einem Piepser den Empfang einer Kurzmitteilung. Seine Freunde teilten ihm mit, wo sie das Versteck des zweiten Rätsels vermuteten: in der größten Kirche der Stadt.

Frank wusste nicht, wie sie darauf gekommen waren, aber er vertraute ihnen. Ohne zu zögern, wandte er sich an den erstbesten Passanten und fragte, welches die größte Kirche der Stadt sei.

Kurz darauf stand er vor der Kirche und sah auf seine Uhr: 9 Uhr 05. Er hatte nur eine Stunde benötigt, um den Ort des Verstecks herauszufinden!

Die Kirche war geöffnet. Ein gutes Zeichen, dass er auf dem richtigen Weg war. Frank betrat die Kirche und blieb stehen. Es widerstrebte ihm, eine Kirche zu durchsuchen. Aber wie sonst sollte er das Versteck finden? Außerdem hatten die Organisatoren das sicherlich mit dem Pastor abgesprochen.

Außer ihm befand sich eine Hand voll Touristen in der Kirche. Obwohl Frank sich weder für Kunst noch für Architektur interessierte, fand er auch, dass sich ein Besuch lohnte. Es war wirklich eine schöne Kirche. Aber wo könnte sein Rätsel versteckt sein? Er schaute sich um, blickte nach vorn zum Altar und …

Ein stechender Schmerz im Kopf ließ ihn zusammenzucken. Frank stöhnte auf, hielt sich die Hand an die Stirn, sank vornüber. Schon war es vorbei.

Was war das? So etwas kannte er nicht. Er litt niemals an Kopfschmerzen. Und jetzt waren sie so plötzlich gekommen und so heftig, wenn auch nur für einen kurzen Moment. Der Schmerz wich einem leichten Schwindel, der ihn wanken ließ. Frank suchte am Geländer einer Sitzbank nach Halt.

Einer der Touristen eilte herbei, umfasste Frank an der Schulter und fragte, ob es ihm nicht gut ginge.

In dem Augenblick aber waren Franks Beschwerden wie fortgeblasen. Keine Schmerzen mehr, kein Schwindelgefühl.

»Es geht schon!«, stotterte Frank, noch immer verwundert über seinen Zustand.

Von dieser Schwächeattacke bekamen seine Freunde leider nichts mit. Sie mussten zurück in die Schule, um pünktlich zur zweiten Stunde anwesend zu sein.

Aktion

Zur gleichen Zeit, als Frank in der Kirche seinen unerklärlichen Schwächeanfall erlebte, spitzte sich in der städtischen Galerie die Lage zu. Noch immer hatte der Geiselnehmer die Schulklasse in seiner Gewalt, angeblich bereits drei Gemälde beschädigt und den Behörden ein Ultimatum gesetzt: Würde er binnen einer Stunde nicht das geforderte Geld bekommen, würde er in einer letzten Aktion sämtliche Gemälde der Ausstellung auf einen Streich zerstören.

Vor der Galerie hatte sich ein Heer von Journalisten aufgebaut. Allein fünf Fernsehsender berichteten live vom Vorplatz der Galerie.

Hauptkommissar Fröhlich hatte kein Auge zugetan, ebenso wenig wie sein junger Kollege vom BKA, dem man es wegen seiner Sonnenbrille aber nicht so sehr anmerkte. Nachdem die Polizei sich nach etlichen Telefonaten sicher war, es mit einem Einzeltäter zu tun zu haben, hatte Hauptkommissar Fröhlich in der Auseinandersetzung nachgegeben und seine Zustimmung für einen Zugriff erteilt. Der Kommissar mit der Sonnenbrille übernahm das Kommando.

In einer abgesperrten Nebenstraße versammelten sich fünfzig Polizisten eines Sondereinsatzkommandos, allesamt in schweren Kampfanzügen, mit Schnellschuss- und Präzisionsgewehren ausgerüstet.

Der BKA-Mann gab die Anweisung, sich zu positionieren, worauf die fünfzig Spezialisten sich lautlos rund um die Galerie verteilten. Von den Dächern, Nebenstraßen, Hinterhöfen und von vorn, zwischen parkenden Wagen, hatten sie Blick auf das Gebäude.

Zehn der Spezialisten schauten vom Dach hinunter auf den Balkon der Galerie, der sich im ersten Stock befand. Von dort aus würden sie ins Innere stürmen.

»Alles bereit?«, fragte der Kommissar in ein Funkgerät. Er bekam die Bestätigung.

Hauptkommissar Fröhlich betrachtete das Geschehen mit zusammengekniffenen Augen. Er kannte den Plan, aber er zweifelte, ob es gut gehen würde. Er dachte an die Schulklasse in der Galerie und an die Katastrophe, die beim kleinsten Fehler eintreten konnte. Doch er musste sich auf ihn verlassen. Das BKA hatte das Kommando übernommen. Fröhlich kannte sich mit der neuen Methode nicht aus. Gab es überhaupt jemanden, der das tat? Wie viel wusste das BKA darüber? Woher hatten sie das neue Mittel, das es offiziell noch gar nicht gab? Wie viele Gesetze wurden gebrochen, um es jetzt einzusetzen? Wer deckte den jungen Kollegen? Der Innenminister stand dahinter, hatten sie ihm versichert. Schriftlich hatte er es nicht. Würde es schief gehen, würde der Minister jegliches Wissen über diese Aktion abstreiten. So viel stand für Fröhlich fest. Die höchsten Entscheidungsträger waren immer die Letzten, die Konsequenzen aus ihrer Verantwortung zogen.

Fröhlich schob seine düsteren Gedanken beiseite. Er konzentrierte sich auf seine Aufgaben. »Wie werden sie das Objekt platzieren?«, fragte er.

Der mit der Sonnenbrille sah ihn nicht an, als er antwortete. »Es wird sich selbst platzieren!«

Fröhlich stöhnte auf. Auch das noch! Nicht nur die Wirkung des neuen Mittels war ihm weitgehend unbekannt, von dem selbstständigen Erkennen und Aufsuchen der Zielperson hatte er noch weniger gehört. Er beteiligte sich an einer Aktion, deren Ausgang er nicht im Mindesten einzuschätzen vermochte. Was, wenn das Objekt sich irrte und sich falsch platzierte?

Der mit der Sonnenbrille klappte einen Laptop auf. Es klopfte an der Tür und zwei junge Männer betraten den Container, die Fröhlich eher für zwei aufgestylte Studenten der Betriebswirtschaft, nicht aber für Polizisten gehalten hätte. Sie trugen feine Anzüge zu T-Shirts, Baseballkappen und Turnschuhen.

»Auch ein Spezialkommando«, stellte der mit der Sonnenbrille die beiden vor. »Nur nicht mehr so grobmotorig wie die alten SEKs!«

»Haben die Herrschaften auch Namen?«, fragte Hauptkommissar Fröhlich. Statt einer Antwort erhielt er zwei Visitenkarten.

Auf der einen stand:

> Polizei – After Eight

auf der anderen:

> Polizei – Ω

Fröhlich blickte auf. »Was soll der Mist?«

Der mit der Sonnenbrille lachte. »So sehen heutzutage Visitenkarten aus! Zugegeben, keine offiziellen. Trotzdem: Tippen Sie das Wort ›Polizei‹ auf dem Telefon, also die Zahlen 765 49 34, und Sie haben die Zentrale. Dahinter kommen als Durchwahl die Namen: *After Eight* – nach 8 – also die 9 oder *Omega*, der letzte Buchstabe des griechischen Alphabets, also die letzte Taste, also auch die 9. Die beiden arbeiten in derselben Abteilung.«

Fröhlich tippte sich gegen die Stirn. »Und ehe ich das Rätsel gelöst habe, wie ich euch um Hilfe rufen kann, bin ich schon abgeknallt, oder wie?«

Der mit der Sonnenbrille lachte abermals. »Diese Abteilung kann ein Normalsterblicher gar nicht anrufen! Betrachten Sie es als Ehre, die Visitenkarten bekommen zu haben.«

Fröhlich legte die beiden Kärtchen übereinander, faltete sie zusammen und schob sie unter das Bein des kleinen, wackeligen Tisches, der in dem Container stand. Er ruckelte an dem Tisch. Jetzt wackelte er nicht mehr.

»Prima, solche Visitenkarten«, kommentierte er.

After Eight und Omega hatten wortlos ihre Arbeit aufgenommen.

»Wir haben Kontakt«, meldete Omega. »Noch zehn Meter zur Zielperson!«

»Prima!«, freute sich der Kommissar mit der Sonnenbrille.

»Wie habt ihr den lokalisiert?«, wagte Fröhlich zu fragen.

»Es gibt verschiedene Möglichkeiten. Dieser Geiselnehmer hat uns mit einem Handy angerufen, um mit uns zu verhandeln.«

»Noch acht Meter ... !«

»Wir werden ihn gleich zurückrufen, um sicherzugehen, dass er es in der Hand hält. Unser Bug lokalisiert das Handy und steuert es an!«

»Noch sieben Meter!«

»Ruf ihn jetzt an!«, befahl der BKA-Kommissar.

Kommissar Fröhlich erläuterte dem Geiselnehmer, dass die Polizei endlich auf seine Forderungen eingehen wolle. »Dazu müssen wir jetzt einige organisatorische Dinge klären«, sagte Fröhlich, weil er das Gespräch in die Länge ziehen musste.

»Noch sechs!«, flüsterte After Eight.

Fröhlich nickte.

»Was für Dinge?«, fragte der Geiselnehmer misstrauisch.

»Wir müssen Gewähr haben, dass die Geiseln unversehrt freikommen, wenn wir Ihnen das Geld überreichen.«

»Fünf!«

Der Geiselnehmer lachte auf. Die Polizei war nicht in der Position, Garantien einzufordern. Er besaß die Macht. Er hatte zu bestimmen.

»Vier!«

Fröhlich verzog das Gesicht. Der so genannte »Bug*« des BKA mochte zwar die allerneueste techni-

---

* Bug – engl. Insekt. Eine nähere Bedeutung kann an dieser Stelle leider noch nicht verraten werden.

sche Entwicklung sein, aber er war verdammt langsam, fand er.

»Drei!«

»Sie werden verstehen ...«, setzte Fröhlich sein Gespräch fort.

»Ich verstehe überhaupt nichts!«, brüllte der Geiselnehmer in die Leitung.

Der Kommissar mit der Sonnenbrille beobachtete Fröhlich mit nervösem Blick. Fröhlich sollte es ja nicht vermasseln! Der Geiselnehmer durfte nicht auflegen und das Telefon aus der Hand legen, sonst würde der Bug ihn nicht mehr orten können.

Zwei!, signalisierte After Eight mit den Fingern.

»Okay! Okay!«, sagte Fröhlich schnell, um das Gespräch am Leben zu erhalten. »Sind denn alle Geiseln wohlauf?«

»Was fragst du so blöde?«, schrie der Geiselnehmer. »Natürlich sind sie das!«

After Eight zeigte einen Finger.

»Und Sie auch?«, fragte Fröhlich. Der Geiselnehmer fühlte sich veralbert. Er konnte nicht ahnen, dass Fröhlich die Frage ernst gemeint hatte. Wenn alles nach Plan verlief, würde es dem Geiselnehmer gleich überhaupt nicht mehr gut gehen.

After Eight machte ein Zeichen, als ob er mit dem Finger jemanden erschießen würde.

Der Bug hatte zugeschlagen.

»Was ... ?«, setzte der Geiselnehmer an, brach aber ab.

»Ist etwas?«, fragte Fröhlich.

»Scheiße!«, kam es aus dem Hörer.

Fröhlich und seine Kollegen hörten ein Stöhnen. Der Geiselnehmer schien Schmerzen zu haben.

Der Kommissar mit der Sonnenbrille nickte. Er wusste, was den Geiselnehmer in diesem Moment plagte: Kopfschmerzen, Brechreiz und ein starkes Schwindelgefühl.

Sie hörten, wie der Geiselnehmer gegen irgendetwas stieß. Er schien zu taumeln.

»Zugriff!«, befahl der BKA-Kommissar über Funk.

Keine fünfundvierzig Sekunden später hatten zehn Spezialisten des Sondereinsatzkommandos die Galerie gestürmt und den Geiselnehmer mit Waffengewalt unter Kontrolle.

Der Kommissar mit der Sonnenbrille lehnte sich zurück, lächelte in die Runde und stieß erleichtert aus: »Wir haben ihn. Gute Arbeit, Jungs!«

Lösung

Frank fühlte sich wieder besser. Er kam sich nur sehr verloren vor. Einen solchen Schwächeanfall hatte er noch nie erlebt. Merkwürdig war auch, dass sich ganz normale Touristen um ihn gekümmert hatten, nicht etwa jemand vom Spielteam. War es nicht so, dass Klaus Senninger ihn ständig begleitete und ihn im Auge behielt, um ihn genau vor solchen Vorfällen oder auch Unfällen zu schützen? So stand es im Vertrag. Die Eltern der Teilnehmer hatten darauf bestanden.

Frank sah sich um, ob er seinen Betreuer entdecken konnte. Tatsächlich. Klaus Senninger stand im Eingang der Kirche. Weshalb hatte er nicht eingegriffen?

Frank entschied sich dagegen, ihm diese Frage sofort zu stellen, und setzte stattdessen seine Suche fort. *Suchet, so werdet ihr finden,* sagte er sich in Gedanken immer wieder. Wo sollte er suchen? Befand er sich überhaupt in der richtigen Kirche? Seine Freunde hatten vermutet, dass es sich um die größte Kirche der Stadt handeln würde. Warum nicht die kleinste? Oder irgendeine andere?

Frank rief sich zur Ordnung. Was machte er sich für Gedanken? Was war mit ihm los? So grüblerisch konnte er sich gar nicht. Er konnte nichts dagegen unternehmen. Immer neue Fragen, Zweifel und neue Ideen wirbelten durch seinen Kopf. Wie waren seine Freunde überhaupt darauf gekommen, ihn in eine Kirche zu schicken? Plötzlich fiel es ihm ein: Der Spruch! Er musste aus der Bibel stammen. Wieso kam er mit einem Mal darauf? Er konnte es nicht sagen, doch er war sich sicher, dass seine Vermutung stimmte. Doch an welcher Stelle in der Bibel war er zu finden? Ob die bestimmte Stelle in der Bibel etwas mit dem Versteck in der Kirche zu tun hatte? Vielleicht hatte die Seitenzahl etwas zu bedeuten? Frank sah, dass die Sitzreihen der Kirche nummeriert waren. Das war es! Ganz sicher! Er brauchte die Seitenzahl der Bibel!

In der Kirche lagen zwar einige Bibeln, aber er konnte schlecht das ganze Buch durchlesen, bis er die Stelle gefunden hatte. Wie also war die Seitenzahl herauszubekommen? Er wusste es nicht, sandte diese Frage aber an seine Freunde.

Herr Pilz, ihr neuer Englischlehrer, hatte das Benutzen von Handys im Unterricht verboten. Normalerweise hielten sich die Schüler an dieses Verbot. Aber Reality Game war kein Normalzustand.

In Bens Tasche vibrierte das Handy lautlos. Unbemerkt zog er es hervor, las Franks Nachricht und gab die Frage sofort an die anderen weiter.

Es war Achmed, dem zuerst etwas einfiel: »Die Bibel liest man gar nicht nach Seitenzahlen!«

Kolja fragte sich, woher Achmed das wissen wollte. Schließlich war Achmed Moslem. Was wusste der von der Bibel?

Achmed grinste Kolja frech an: »Wir Moslems sind nicht so engstirnig, wie du denkst. Wir lesen auch in der Bibel der Christen! Und du?«

Kolja schwieg. Und er? Er las überhaupt nichts: Weder die Bibel noch den Koran noch überhaupt irgendwelche Bücher – außer Märchen, aber das behielt er lieber für sich. Und er liebte Mangas.

Wie liest man die Bibel denn sonst?, fragte sich Miriam. Jedes Buch hatte doch Seitenzahlen! Oder?

»Störe ich?«, fragte Herr Pilz spitz.

»Ne, geht schon, wenn Sie nicht dazwischenreden!«, antwortete Miriam keck.

Ihre Freunde lachten. Der neue Lehrer hatte seine Machtprobe mit der Klasse noch nicht bestanden. Das war ihm bewusst, und weil ihm für solche Witze ohnehin der nötige Humor fehlte, landete Miriam augenblicklich vor der Tür. So bekam sie Achmeds Antwort auf ihre Frage nicht mehr mit.

»Die Bibel ist in Verse unterteilt!«, erklärte er – und schon läutete es zur Pause.

Zum Glück. Länger hätten Ben und die anderen es auch nicht ausgehalten. Herr Pilz hatte den Unterricht noch nicht richtig beendet, da waren sie schon hinausgestürmt, sammelten Miriam auf und liefen hinüber zum Computerraum.

Sie erreichten den Raum gerade, als Herr Möller ihn abschließen wollte. Jennifer und Miriam benötigten exakt eine Minute und fünfundzwanzig Sekunden – Ben stoppte die Zeit –, bis Herr Möller einwilligte: »Gut, ihr habt fünf Minuten. Keine Sekunde länger. Ich habe schließlich auch Pause.«

»Sie sind ein Gott!«, schleimte Miriam den Lehrer an.

Herr Möller lachte und schüttelte den Kopf.

Ben startete einen der Computer, wählte sich ins Internet.

»Was sucht ihr denn?«, fragte Herr Möller.

»Die Bibel!«, antwortete Kolja wahrheitsgemäß.

Dem Lehrer verschlug es die Sprache.

»Bingo!«, rief Ben. Er wusste, auf das Internet war Verlass. Er hatte nur die Suchworte »*Suchet, so werdet ihr finden*« und »*Bibel*« eingegeben und schon erschien der vollständige Bibeltext, der diese Passage enthielt, auf dem Bildschirm mit Versangabe: *Lukas Vers 11.9.*

Der bittende Freund

⁵Und er sprach zu ihnen: Wenn jemand unter euch einen Freund hat und ginge zu ihm um Mitternacht und spräche zu ihm: Lieber Freund, leih mir drei Brote, ⁶denn mein Freund ist zu mir gekommen auf der Reise, und ich habe nichts, was ich ihm vorsetzen kann, ⁷und der drinnen würde antworten und sprechen: Mach mir keine Unruhe! Die Tür ist schon zugeschlossen und meine Kinder und ich liegen schon zu Bett; ich kann nicht aufstehen und dir etwas geben. ⁸Ich sage euch: Und wenn er schon nicht aufsteht und ihm etwas gibt, weil er sein Freund ist, dann wird er doch wegen seines unverschämten Drängens aufstehen und ihm geben, so viel er bedarf. ⁹Und ich sage euch auch: Bittet, so wird euch gegeben; suchet, so werdet ihr finden; klopfet an, so wird euch aufgetan. ¹⁰Denn

wer da bittet, der empfängt; und wer da sucht, der findet; und ᵠwer da anklopft, dem wird aufgetan. ¹¹Wo ist unter euch ein Vater, der seinem Sohn, wenn der ihn um einen Fisch bittet, eine Schlange für den Fisch biete, ¹²oder der ihm, wenn er um ein Ei bittet, einen Skorpion dafür biete? ¹³Wenn nun ihr, die ihr böse seid, euren Kindern gute Gaben geben könnt, wie viel mehr wird der Vater im Himmel den Heiligen Geist geben denen, die ihn bitten!

Lukas Vers 11.9 simsten sie Frank zu, der sich sofort aufmachte, um in Reihe elf unter den neunten Sitz zu schauen. Und dort lag tatsächlich eine rote Mappe! Er öffnete sie und fand dort das zweite Rätsel.

Vier Elemente

»Ich habe gleich gesagt, die Rätsel sind zu leicht«, schimpfte ein etwa dreißigjähriger, elegant gekleider Mann mit einem Stoppelhaarschnitt, der vor einem Flachbildschirm saß und das Spiel verfolgte. Seine Kollegin, eine Frau mittleren Alters mit sorgfältig gewelltem, halblangem Haar in einem grauen Kostüm, zog die Stirn kraus. »Erstaunlich! Ich in dem Alter hätte es nicht so schnell hinbekommen!«

»Ts!«, machte der im weißen Hemd. »Kinderspiel!«

»Ja!«, bestätigte die Frau. »Aber ein schwieriges und ernstes!«

Der Mann verzog das Gesicht. So wörtlich hatte er das mit dem Kinderspiel nicht gemeint. »Ich denke, ich muss ihn ein wenig ausbremsen!«, entschied er.

»Warten Sie damit«, warf die Frau ein. »Die kleine Einlage in der Kirche genügt erst einmal. Ich glaube, es hat ihn ziemlich geschockt!«

Der Mann murmelte etwas Unverständliches, lehnte sich zurück, verschränkte die Arme hinter dem Kopf und sagte: »Na schön!«

Frank las das Rätsel jetzt schon zum dritten Mal. Das Lösen von Rätseln war nicht seine Sache.

Vier Elemente
Subtrahiere zwei und verbinde die verbleibenden richtig.

⬇ Was sollte das nun wieder heißen?, grübelte Frank. Ben und die anderen saßen im Unterricht. Sie konnten ihm erst in einigen Stunden wieder helfen. Wie sollte er jetzt weiter vorgehen?

Er ging hinaus auf die Straße. Ein langer Konvoi von Polizeiwagen fuhr vorbei. Er beobachtete die Wagen, die im gemächlichen Tempo vorbeizogen, und fragte sich, weshalb ein solch großes Polizeiaufgebot durch die kleine Stadt zog. Von dem Sturm auf die Galerie hatte er nichts mitbekommen.

Der Konvoi entfernte sich, Frank hatte sich gerade entschieden, ein Internetcafé zu suchen, um nachzuschauen, wie seine Konkurrenten mit der ersten Aufgabe zurechtkamen, da sah er sie plötzlich: Auf der anderen Straßenseite näherten sich zwei Trapper, unschwer an ihren Caps und Shirts zu erkennen. Der eine zeigte auf ihn.

»Mist!«, fluchte Frank. Ohne lange zu überlegen, huschte er in das Kaufhaus nebenan.

Die Trapper folgten.

Leider war das Kaufhaus so kurz nach der Öffnung noch zu leer, um in der Menge verschwinden zu können. Also rannte er die Rolltreppe hinauf in den ersten Stock. Frank überlegte, ob er durchs Parkhaus wieder hinunterlaufen sollte, doch der Zugang zum Parkhaus war auf den ersten Blick nicht auszumachen. Zum Suchen fehlte ihm die Zeit.

Einfach noch eine Etage höher, beschloss er, besann sich aber im selben Moment, als er sah, welche Abteilungen es hier gab. Die Abteilung mit den Fernsehgeräten ließ er links liegen. Deshalb bekam er auch die Nachrichten nicht mit, die auf einigen Bildschirmen zu sehen waren. Ein privater Sender fasste noch einmal die Geiselnahme in einem kurzen Beitrag zusammen und befragte dann live den Polizeisprecher, ob die Stürmung der Galerie nicht unverantwortlich gewesen war angesichts der Schulklasse, die sich in der Gewalt der Geiselnehmer befunden hatte. Der Polizeisprecher versicherte, dass zu keiner Sekunde während des Zugriffs die Kinder in Gefahr gewesen waren. Mit dieser Aussage aber gab sich der Reporter nicht zufrieden. Geiseln befänden sich während eines Befreiungsversuchs grundsätzlich in Gefahr, wandte er ein, erntete aber auch hier den Widerspruch des Polizeisprechers. Mehr war für den Reporter nicht herauszubekommen. Der Pressesprecher verwies auf eine Pressekonferenz, die folgen sollte. Der Reporter betonte, dass keine Geisel zu sprechen war, mehr noch: Sosehr die Fotografen, Kameraleute und Reporter sich auch bemüht hatten, niemand hatte überhaupt eine Geisel zu Gesicht bekommen. Es gab erste Gerüchte, dass an der Befreiungsaktion irgendetwas nicht stimmte.

Frank hatte die Sportabteilung erreicht, sah sich kurz um und fand, was er suchte: die Ausrüstungen für Bergsteiger. Einen Moment zögerte er. Er durfte sich nicht einfach aus den Regalen nehmen, was er brauchte. Das wäre Diebstahl. Um sich die Dinge, die er benötigte, zu kaufen, fehlte ihm das Geld. Möglicherweise würde er sich sogar disqualifizieren, wenn er jetzt im

Kaufhaus etwas stahl. Daran hätte er eher denken sollen. Nun war es zu spät. Über die Regale hinweg sah er seine Verfolger schon die Rolltreppe hinaufkommen. Ihm blieb keine Wahl. Letztendlich war es doch kein Diebstahl, redete er sich ein. Er würde die Utensilien ja nicht mitnehmen. Insofern konnte man allenfalls von einer Ausleihe sprechen oder von einer Probenutzung. Zufrieden mit dieser Interpretation griff Frank sich Seile, Ösen und Haken aus den Fächern und sprintete zum Notausgang.

Jetzt hatten die Trapper ihn entdeckt und eilten hinterher.

Er lief die Treppen hinauf. Wenn er sich recht an das Schild an der Rolltreppe erinnerte, befand sich die Toilette in der dritten Etage. Himmel! So lang war das Seil nicht! Während er die Treppen hinauflief, zog er das Seil durch die Ösen und befestigte einige Haken. Als er die Toilettentür erreichte, hörte er bereits die Trapper hinter sich im Treppenhaus.

Er stieß die Tür auf, hätte sie beinahe einem älteren Herrn vor den Kopf gestoßen, rief ihm rasch eine Entschuldigung zu, rannte auch noch durch die nächste Tür und fand vor, was er erhofft hatte: ein Fenster.

Zwei pinkelnde Anzugträger schauten Frank so verwundert an, dass sie beinahe die Becken verfehlt hätten. Der eine wollte Frank noch zurechtweisen, doch da hatte Frank schon das Fenster aufgerissen und den größten Haken am Fenstergriff befestigt. Er sprang auf den Sims, zurrte noch einmal das Seil fest, prüfte den Halt.

In diesem Moment wurde erneut die Tür aufgestoßen. Die Trapper stürmten in die Toilette.

»Was ist denn hier eigentlich los?«, schimpfte einer der Männer.

»Nichts!«, antwortete Frank, schickte seinen Verfolgern einen kurzen Gruß zu und seilte sich ab.

Die Trapper stoppten und starrten zum Fenster. Sie befanden sich im dritten Stock eines Kaufhauses und der Wahnsinnige vor ihnen sprang aus dem Fenster!

Langsam wagten sie sich heran und schauten hinunter. Frank baumelte auf der Höhe der ersten Etage vor einem Fenster.

»Da ist er!«, rief einer der Trapper. »Hinterher!«

»Nix da!«, schaltete sich der zweite Mann ein. Mit ausgestreckten Armen versperrte er den beiden Jungs den Weg. »Jetzt sagt erst einmal, was der Affenzirkus hier soll!«

Der erste kam vom Waschbecken zurück, um ihn zu unterstützen. »Sind das nicht die Bekloppten aus dem Fernsehen?«, fragte er. »Die spielen hier Räuber und Gendarm quer durch Deutschland. Wenn Sie mich fragen: Die Jugendlichen von heute haben alle 'nen Sockenschuss!«

Frank stand auf einem schmalen Sims. Das Fenster vor ihm war verschlossen. Wie ein Freeclimber hangelte er sich Fußbreite um Fußbreite seitwärts, wo ein Fenster einen Spalt offen stand. Nur ein Haken schützte das Fenster davor, vom Wind aufgeschlagen zu werden. Mit der Fußspitze löste Frank den Haken aus der Öse. Das Fenster klappte auf und der Fensterflügel krachte innen gegen die Wand. Die Scheibe aber hielt! Frank löste das Seil vom Bauch und sprang mitten in einen Berg voller Kartons mit ...

... was war das?

Es roch gut. Das Wasser lief ihm im Munde zusammen, so gut roch es. Leider fühlte es sich ganz und gar nicht so gut an, wie es roch. Im Gegenteil: Weich fühlte es sich an, schmierig weich. Frank rappelte sich auf, betrachtete seine Arme, die dunkelbraun verschmiert waren. Ebenso wie seine Hände und seine Hose. Und sein T-Shirt. Schokoladenpudding!

Durch seinen Aufprall waren einige Plastikbecher geplatzt.

Verflixt! Gehörten die Dinger nicht in den Kühlraum? Er untersuchte zwei der zerbrochenen Becher, in denen er lag. Das Verfallsdatum war abgelaufen. Offenbar warteten die Becher hier auf ihre Vernichtung oder wurden zurückgegeben, weil man die Becher noch benutzen konnte. In einem Land mit Dosenpfand war schließlich alles möglich.

Frank war von Kopf bis Fuß mit Schokolade eingesaut. Er riss von einem der Kartons ein Stück Pappe ab, säuberte damit notdürftig seine Hände und Arme, ging zur Tür, drückte die Klinke herunter und ... verschlossen!

»Mist!«, schrie er und trat gegen die Tür. Schokoladenverschmiert eingeschlossen. Das hatte er wirklich erstklassig hingekriegt!

Zwischenfall

Ben und seine Freunde konnten das Ende des Unterrichts kaum abwarten. Hatte Frank mit ihrem Hinweis etwas anfangen können? Hatte er das zweite Rätsel schon gefunden? Wenn ja, wie mochte es lauten? Weshalb hatte er sich nicht gemeldet? Hoffentlich hatte er sich nicht von den Trappern erwischen lassen!

So schnell wie möglich wollten sie zu Ben nach Hause, um sich dort per Internet auf den neuesten Stand zu bringen. Doch alle zwanzig Meter mussten sie stehen bleiben, um auf Thomas zu warten, der es schaffte, selbst auf diese kurze Entfernung fünf Meter zurückzubleiben. Er robbte gerade auf dem Asphalt, als Jennifer sich nach ihm umschaute.

»Ich fasse es nicht!«, kommentierte Kolja kopfschüttelnd.

»Ey, irre, ey!«, steuerte Achmed bei, worüber Miriam sich wieder wunderte.

»Nicht krass?«, fragte sie Achmed.

»Irre krass!«, verbesserte Achmed, während Jennifer bei Thomas nachfragte, was er dort veranstaltete.

»Pst!«, machte Thomas. Er robbte einige Zentimeter voran, als wolle er einen Schmetterling fangen. Er fingerte aus seiner Hosentasche eine Lupe. Die hatte zwar auch schon einen Sprung, doch ihren Zweck erfüllte sie noch gut.

»Ich werd verrückt!«, flüsterte er.

»Was hat er?«, fragte Jennifer die anderen, wobei sie unwillkürlich ebenfalls in einen Flüsterton verfallen war.

»Eine Anstecknadel!«, gab Thomas schließlich bekannt, hob die Nadel auf und hielt sie – noch auf der Straße kniend – in die Höhe wie eine in schwerem Kampf eroberte Trophäe.

Kolja raufte sich die Haare. »Der Typ ist irre!«

Achmed hielt sich den Bauch vor Lachen. »Total durchgeknallt, ey. Robbt da wie ein Seeelefant durch die Stadt wegen einer verrosteten Anstecknadel!«

Miriam und Jennifer schmunzelten über ihren guten alten Freund Thomas. Nur Ben vermutete aufgrund Thomas' Gesichtsausdruck, dass dieser einen besonderen Fund gemacht hatte.

»Die ist nicht verrostet, sondern nagelneu!«, berichtigte Thomas. »Und sie zeigt das Stadtwappen von Weiden in der Oberpfalz! Das kenne ich. Zu Hause in der Garage habe ich eine Tasse mit diesem Wappen!«

»Jaaaaaaaaaaaaaaaaa!«, schrie Kolja übertrieben schauspielernd, sprang dreimal in die Luft, sank auf die Knie, machte die Säge. »Wir haben das Stadtwappen von Weiden in der Oberpfalz!« Schlagartig wurde er wieder ernst, ging auf Thomas zu und fragte: »Na und, du Hohlbirne? Was sollen wir mit einem ätzenden, blöden, oberlangweiligen, nullkommanullinteressanten Stadtwappen von dieser wasweißichwo Stadt?«

Thomas erhob sich aus der knienden Stellung, baute sich breit vor Kolja auf, verfiel in einen Tonfall, als lese er die Heilige Schrift, und fragte: »Und woher, großes, allwissendes Masterhirn ...«, er tickte mit dem Zeigefinger gegen Koljas Stirn, ». . . stammt der Runner, der in unserer Stadt seine Aufgaben lösen muss?« Ein zweites Mal tippte Thomas gegen Koljas Stirn. »Na, erinnern wir uns? Klappert da etwas im Vakuum?«

Miriam gab für alle die Antwort: »Aus Weiden!«

Den Rest schrien die anderen im Chor: »In der Oberpfalz!«

Wenn der Runner aus Weiden kam und hier eine Anstecknadel aus dieser Stadt auf dem Weg lag, dann hatte die nicht zufällig ein anderer Tourist genau an dieser Stelle verloren. Es lag auf der Hand: Der fremde Runner war hier gewesen, vor ihrer Schule! Da dieser Runner sein Spiel erst zwei Stunden später als Frank hatte beginnen dürfen, ließ sich ein weiterer Schluss ziehen: Der Runner hatte seine Anstecknadel erst vor kurzem hier verloren. Zwei, drei Stunden konnte es her sein, länger nicht. Vielleicht aber war er auch gerade eben erst hier entlanggelaufen!

Bei diesem Gedanken wurde Kolja unruhig wie eine hungrige Raubkatze, die eine Beute gewittert hatte. Er reckte den Hals, schaute sich um, als ob er den Runner mit seinem Blick erhaschen konnte.

»Vielleicht kann Thomas ja die Spur aufnehmen, ey«, schlug Achmed vor und machte vor, wie er sich Thomas als Jagdhund vorstellte. »Komm, Thomas, such. Na, komm!«

Thomas schüttelte nur den Kopf und zeigte Achmed einen Vogel.

Und Miriam verblüffte einmal mehr alle anderen, als sie sagte: »Der Runner ist dort entlanggelaufen!« Sie zeigte in die Richtung, aus der sie gerade gekommen waren.

Kathrin fragte, ob Miriam jetzt unter die Hellseherinnen gegangen war, doch Miriam sagte bloß: »Pure Logik!« Sie erinnerte die anderen daran, dass ihr Weg von der Schule direkt zum Einkaufszentrum und zur Bushaltestelle führte, mit anderen Worten: Es war der Hauptweg, den die große Mehrheit der Schüler mehrmals am Tag zurücklegte; zu Beginn der Schule, zum Ende der Schule und zwischendurch in Frei- und Ausfallstunden.

»Wäre der Runner in diese Richtung gegangen, hätte ihn bestimmt irgendein Schüler gesehen und Bescheid gesagt«, vermutete Miriam. Denn jeder Schüler wusste, dass Ben und seine Freunde bei Reality Game mitspielten. Also war der Runner höchstwahrscheinlich in die andere Richtung gegangen.

Ben strahlte Miriam an. Ihre Schlussfolgerungen klangen einleuchtend.

In dem Moment kam ein kleiner Junge angeschossen wie ein geölter Blitz.

»Ich habe ihn gesehen!«, schrie er. »Ich habe ihn gesehen!«

Alle kannten den kleinen Max, der sich gern in der Nähe der Größeren aufhielt. Besonders die Gruppe um Ben hatte es ihm angetan, weil die immer Abenteuer erlebte. Und Thomas hatte ihm manches Mal schon etwas aus seiner Sammlung geschenkt. Zwar hatte noch nie etwas von den Dingen funktioniert, aber darauf kam es gar nicht an.

»Wen hast du gesehen?«, fragte Jennifer.

»Den Runner!«, rief er völlig außer Atem. »Den aus dem Fernsehen. Ich habe ihn genau erkannt!«

Thomas freute sich, dass seine Spur sich als richtig erwies.

Kolja sprang auf den Kleinen zu. »Wo?«, fragte er und rüttelte Max am Arm.

»In der Schule!«, rief Max. »In der Aula!«

Ben und die anderen sahen sich an. Das war in der Tat ein gemeines Versteck. Genau dort, wo sich alle Freunde seiner Konkurrenten versammelten, musste der Runner sein Rätsel finden!

»Nichts wie hin!« Kolja wartete die Reaktionen der anderen nicht ab, sondern düste los, gefolgt von Achmed. Ben und Jennifer ließen es bedächtiger angehen. Sie bedankten sich bei Max, der sie stolz anstrahlte.

»Komme ich jetzt auch ins Fernsehen?«, fragte er.

Aber das wussten Jennifer und Ben leider nicht.

Miriam eilte den beiden Jungs hinterher, weil sie befürchtete, die beiden könnten – auf sich allein gestellt – irgendwelche Dummheiten anrichten.

Thomas griff in seine Hosentasche und schenkte Max ein Feuerzeug.

Jennifer wollte gerade dagegen protestieren, einem kleinen Jungen ein Feuerzeug zu schenken, doch Thomas winkte ab. Jennifer verstand: Das Feuerzeug funktionierte nicht.

Als Kolja und Achmed die Turnhalle erreichten, kam der Runner gerade durch die Tür.

»Da!«, rief Kolja und legte noch einen Zahn zu. Er

rechnete damit, dass der Runner sich so schnell wie möglich aus dem Staub machen würde. Doch der Runner tat das Gegenteil. Statt fortzulaufen, ging er direkt auf Kolja und Achmed los. Mit lautem Gebrüll und hoch erhobenen Händen rannte er auf die beiden zu. Kolja hatte sogar den Eindruck, der Runner fletschte die Zähne wie ein tollwütiger Hund. Erschrocken blieb er stehen und auch Achmed hatte noch nie einen Jungen in so einem Zustand gesehen. Die Augen des Runners waren weit aufgerissen. Mit einem wahnsinnigen Blick starrte er sie an, seine Gesichtszüge verhärteten sich auf eigenartige Weise, die Armmuskeln spannten sich an, als würden sie jeden Moment zerreißen.

»AAAAAAARRRHHHHHH!«, schrie der Junge. Er bremste nicht, unternahm keine Anstalten auszuweichen, sondern rannte wie ein Nashorn wild und stur geradeaus auf die Jungen zu.

Im letzten Moment konnte Kolja beiseite springen. Achmed warf sich seitlich zu Boden und rollte sich fort. Der Junge stampfte vorbei und lief auf und davon.

In dem Augenblick kamen Ben, Jennifer, Miriam und Kathrin um die Ecke. Weiter hinten folgten Thomas und Max.

»Ihr habt ihn laufen lassen?«, fragte Ben enttäuscht.

Achmed klopfte sich die Hose sauber. Kolja sah noch immer verdutzt dem Runner hinterher, der längst fort war. »So etwas habe ich noch nie gesehen«, stammelte er.

»Seid ihr dem Teufel begegnet?«, fragte Miriam. So verstört kannte sie Kolja nicht. Er zitterte noch am ganzen Körper. Ihr Gesichtsausdruck wurde ernst, als sie das erkannte. »Was ist denn mit dir los?«

»Das war der pure Wahnsinn!«, hauchte Kolja.

Achmed bestätigte Koljas Eindruck. »Mann, ey. Wie unter Drogen, ey. Total irre, der Typ. Den jage ich nicht noch mal!«

Jennifer hob die Hände. »Wir sind uns doch einig, dass es sich hier um ein Spiel handelt?«, fragte sie. »Ein reales, aufwändiges, aber immerhin doch nur ein Spiel, okay?«

»Das dachte ich auch, ey«, nickte Achmed. Aber seit er diesen Runner in Aktion gesehen hatte, begann er zu zweifeln. »So guckt keiner, der spielt, ey.«

Überraschung

Kommissar Fröhlich hatte ebenso wie die Journalisten gespannt auf die Geiseln gewartet, um sich zu überzeugen, dass sie unversehrt geblieben waren. Und ebenso überrascht wie die Journalisten war er, als aus der Galerie zwar nacheinander die Einsatzkräfte des SEKs herauskamen, aber nicht eine einzige Geisel. Die Spannung war einer dunklen Ahnung gewichen, als selbst nach einer Viertelstunde keine der Geiseln zu sehen gewesen war. Die ersten Reporter hatten schon das Gerücht gestreut, dass sämtliche Geiseln der Aktion zum Opfer gefallen waren, als sich plötzlich Fröhlichs junger Kollege vom BKA mit einem Megafon an die Menge wandte und ihr versicherte, dass alle Geiseln wohlauf seien und Näheres auf einer Pressekonferenz erläutert werden würde.

Fröhlich war verblüfft. Wieso war sein Kollege so sicher, dass den Geiseln nichts zugestoßen war?

»Weil es gar keine Geiseln gab!«, erläuterte sein junger Kollege, als er in den Container zurückkehrte und das Megafon beiseite legte.

Fröhlich begriff nicht. Die Antwort verwirrte ihn dermaßen, dass er nicht einmal nachfragte. Er starrte seinen jungen Kollegen sprachlos an. Mit einem milden Lächeln, als ob er es mit einem Kleinkind zu tun hätte, erläuterte der BKA-Mann, dass die ganze Geiselnahme nichts als eine Übung gewesen war.

Fröhlich öffnete den Mund, ohne einen Laut von sich zu geben. Die gesamte aufregende, nervenzerfetzende, anstrengende Nacht zog an seinem Gedächtnis vorbei; seine Verhandlung mit dem Geiselnehmer, die verängstigte Schuldirektorin, seine Auseinandersetzung mit dem Kollegen und schließlich der Zugriff. Wie konnte dieser Mensch das alles als »Übung« bezeichnen?

»Sie hatten Recht«, erinnerte sein Kollege ihn an die Diskussion um die neue Methode. »Der Bug ist noch nicht genehmigt, deshalb können wir ihn im Ernstfall nicht einsetzen. Leider. Aber wir können ihn testen. Das haben wir gerade getan.«

Fröhlich hatte es noch nicht geschafft, den Mund wieder zuzumachen.

»Natürlich hat so ein Test nur Sinn, wenn er unter realistischen Bedingungen durchgeführt wird«, weihte sein Kollege ihn weiter ein. »Der Geiselnehmer war ein Kollege des BKA, die Geiseln keine Schulkinder, sondern Freiwillige des MEK, die Direktorin eine Staatsanwältin, denn natürlich machen wir so etwas nicht ohne rechtliche Absicherung und ... «

Fröhlich benötigte noch einen Moment, um sich zu vergewissern, dass er nicht träumte, sondern tatsächlich zum Spielball eines BKA-Experiments gemacht worden war. Als er es begriffen hatte, fand er auch seine Sprache wieder.

»Das hat ein Nachspiel!«, begann er. Der nächste Satz kam ihm schon lauter über die Lippen: »Das lasse ich mit mir nicht machen!« Er schnappte nach Luft, um schließlich mit hochrotem Kopf herauszubrüllen: »Unverschämtheit! Was glauben Sie eigentlich, wer Sie sind?« Hauptkommissar Fröhlich schäumte vor Wut. Er sprang auf, setzte sich wieder, griff sich ans Herz, schüttelte den Kopf, versuchte, sich zu beruhigen, aber es gelang ihm nicht. Am liebsten wäre er dem arroganten Schnösel vom BKA an die Gurgel gesprungen. Er beherrschte sich im letzten Moment.

»Und ... ?«, brachte er nur noch hervor und zeigte hinaus.

»Die Journalisten?«, erriet der BKA-Mann. »Die halten das für Ernst, genau wie Sie. Auf der Pressekonferenz werden wir sie aufklären: eine notwendige Übung – auch im Kampf gegen den Terrorismus. Da erfährt die Bevölkerung wenigstens, dass wir etwas tun. Eine eindrucksvollere Demonstration kann es doch kaum geben. Und eine gute Basis, Zustimmung zum Bug zu bekommen. Immerhin haben wir gerade eine Schulklasse gerettet. Die Mehrheit der Eltern wird für die Einführung der neuen Methode sein, bevor der Ernstfall eintritt. So gesehen ... «

»Mann!«, schrie Fröhlich seine Wut heraus. »Ich bekomme das Kotzen! So kann man doch mit den Ängsten der Menschen nicht umspringen!«

Nur ein Spiel?

»Was tun Sie da?« Die Frau in dem grauen Kostüm war entsetzt.

Der Mann mit den Stoppelhaaren entschuldigte sich sofort. »Sorry, das war zu viel des Guten. Ich pass demnächst besser auf!«

»Das würde ich Ihnen aber auch raten«, sagte die Frau. »Sonst muss ich als Psychologin jede Verantwortung ablehnen. Ich werde das auch im Protokoll erwähnen.«

Der Stoppelhaarmann nickte und zuckte mit den Schultern. »Ich weiß, ich weiß!«

Die Psychologin musterte ihren Kollegen scharf. Sie traute ihm nicht.

Er war psychologisch geschult, aber er hatte auch eine Einzelkämpfer-Ausbildung hinter sich. Ganz sicher reizten ihn Grenzüberschreitungen. Hier aber durften gewisse Grenzen nicht überschritten werden. Auf gar keinen Fall. Sie, Monika Hülser, diplomierte Psychologin und Doktor der Neurologie, für ihre Forschungen mit mehreren Preisen ausgezeichnet, würde dafür sorgen. Das war sie sich schuldig.

Der Mann zeigte auf den Monitor, der Franks Cam übertrug. Das Bild war ruhig. Frank schien nachzudenken, welche Schritte er als Nächstes gehen sollte. »Er hat sich sicher schon wieder beruhigt!«

»Äußerlich vielleicht!«, widersprach Monika Hülser. »Sehen Sie sich mal seine Werte an. Innerlich kocht der Junge noch! Lassen Sie den jetzt bloß zufrieden!«

»Ich könnte ... «, wollte der Mann vorschlagen.

»Nein!«, schnitt die Psychologin ihm das Wort ab.

Der Mann ließ die Finger von Maus und Tastatur. »Okay!«

»Ich denke, die Kandidaten sollten jetzt erst mal in Ruhe ihre Rätsel lösen!«

Die Frau machte eine Kopfbewegung. »Wie wär's, wenn Sie eine kleine Pause einlegen?«

Mit einem leisen Murren auf den Lippen erhob sich der Mann und ging in die Kantine, um einen Kaffee zu trinken.

Monika Hülser wandte sich dem Bildschirm zu. Franks Cam zeigte einen Lagerraum, voll gestapelt mit Kisten und Kartons.

»Ich bin gespannt, wie Frank jetzt aus der Sackgasse herausfindet, in die er sich selbst manövriert hat«, sprach die Psychologin mit sich selbst.

Frank verfluchte sich für sein Pech, ausgerechnet in einem abgeschlossenen Raum gelandet zu sein. Soweit er erkennen konnte, wurde in diesem Raum nichts gelagert als Lebensmittel! Neben den Kartons mit Schokoladenpudding, in die er gefallen war, fanden sich noch massenhaft Dosen mit Sardinen, Thunfisch, Fertigsuppen, Cornedbeef und Sülze. Gemeinsam war allem, dass das Verfallsdatum überschritten war, wenngleich meistens auch nur knapp. Auf einem der Kartons fand er schließlich einen kleinen Aufkleber. Er zeigte das Emblem einer bekannten Hilfsorganisation, die Lebensmittel für Hunger- und Dürregebiete in der Dritten Welt sammelte.

Krass!, dachte Frank. Was hierzulande nicht mehr verkauft werden durfte, wurde in die Dritte Welt geschickt. Dritte Welt gleich Menschen dritter Klasse, fiel Frank ein. Auf dem Aufkleber konnte er auch ein Datum erkennen, an dem die Kartons offenbar abgeholt werden sollten. Demnach hätte er glatt zwei Tage hier in dem Raum warten müssen.

Es blieb nur ein Ausweg: zurück durchs Fenster. Sein Seil aber hing oben in der dritten Etage fest. Ein anderes hatte er nicht zur Verfügung.

Er blickte hinunter auf die Straße und nach oben die Hauswand entlang. Eine Feuerleiter gab es nicht und auch sonst konnte er nichts entdecken, was ihm weitergeholfen hätte. Er seufzte. Es gab nur eine Möglichkeit, den Raum zu verlassen: Er musste die Regenrinne hinabklettern. Er wischte sich seine schokoladenverschmierten Hände an der Hose ab.

Als Frank gerade dabei war, aus dem Fenster zu steigen, hatte Ben soeben seinen Rechner hochgefahren. Die anderen staksten auf Zehenspitzen durchs Zimmer, um nichts von all den Platinen, Schrauben, Werkzeugen, CD-ROMs zu zertreten, die verstreut auf dem Boden lagen.

»Wo soll man sich hier denn hinsetzen?«, maulte Kathrin.

Niemand antwortete ihr. Jennifer und Miriam hatten

schon Übung darin, sich in Bens Zimmer zu bewegen, in Thomas' Garage sah es auch nicht besser aus, Kolja und Achmed schoben alles, was ihnen im Weg lag, einfach mit dem Fuß beiseite.

Jennifer erkannte als Erste, in welcher Lage sich Frank in diesem Augenblick befand.

»Der spinnt!«, schrie sie. »Der ist lebensmüde! Wenn das seine Eltern sehen!«

»Da muss doch der Spielbetreuer eingreifen!«, stimmte Thomas ihr zu.

»Heult doch nicht gleich!«, wiegelte Kolja ab. »So hoch ist das doch gar nicht!«

Jennifer schnappte wütend nach Luft.

»Hauptsache, unten warten nicht schon die Trapper auf ihn«, dachte Achmed laut und fing sich ebenfalls einen wütenden Blick von Jennifer ein.

Als hätte sie es mit den begriffsstutzigsten Menschen des Planeten zu tun, baute sie sich vor den beiden auf und brüllte sie an: »Mann! Frank ist in Gefahr! Seht ihr das nicht?«

Ändern konnte sie daran allerdings nichts. Jennifer wusste es und es ärgerte sie noch mehr. Wie konnte jemand so unvernünftig sein! Wegen eines Spiels! Wenn er sich in eine ausweglose Situation gebracht hatte, so konnte er doch aufgeben. Was war schon dabei, ein Spiel zu verlieren? Jennifer konnte Franks Haltung nicht nachvollziehen. Es widerte sie auch an, wie Kolja und Achmed die Gefahr herunterspielten, gebannt vor dem Monitor standen und jeden Schritt und jeden Griff von Franks abenteuerlicher Kletteraktion verfolgten.

Ben schaute verstohlen zu seiner Freundin hinüber. Er bemühte sich, möglichst nichts Falsches zu tun. Er hatte erkannt, wie gereizt Jennifer war. Ein falsches Wort, eine falsche Bewegung und Jennifer würde explodieren. Auch Miriam spürte die explosive Stimmung.

Nur Thomas äußerte unverblümt seine Meinung: »Wie kann man sich so unvorbereitet in ein Abenteuer stürzen?«

Die anderen wussten, wie Thomas in solch ein Spiel gestartet wäre: mit einer kompletten Safari-Ausrüstung.

Miriam war diejenige, die gern über praktische Lösungen nachdachte. »Können wir nicht die Feuerwehr rufen?«, fragte sie.

Bevor jemand einwenden konnte, dass es doch gar nicht brannte, ergänzte Miriam: »So wie bei Selbstmördern, die vom Dach springen wollen. Da kommt doch auch die Feuerwehr!«

»Selbstmörder?«, quiekte Ben auf. »Frank?«

Miriam schüttelte den Kopf. So hatte sie das natürlich nicht gemeint. Aber ein Feuerwehrwagen hätte mit der langen Leiter Frank sicher von der Regenrinne pflücken können.

Ben verkniff sich seinen Kommentar, Thomas und Kathrin fanden die Idee gut. Nur Kolja und Achmed protestierten. »Dann hat er verloren!«

»Na und?«, fauchte Jennifer die beiden an.

Ben war unwohl zumute. Frank war sein bester Freund. Er wusste, wie sauer dieser werden würde, wenn sie seinen Wettkampf vorzeitig beenden würden, weil sie die Feuerwehr gerufen hatten. Hätte Frank das Risiko nicht eingehen wollen, wäre er nicht aus dem Fenster geklettert. Ben fand sich in einer äußerst unangenehmen Zwickmühle: Entweder würde er seinen besten Freund enttäuschen – oder seine beste Freundin. Wie sollte er sich entscheiden?

»Ich finde, Jennifer hat Recht«, mischte sich Kathrin jetzt in die Debatte ein. »Immerhin ist die Feuerwehr nicht nur für Feuer und Wasser zuständig, sondern auch dafür, jemanden aus der Luft zu retten. Mir ist mal ein Wellensittich fortgeflogen und da hat auch die Feuerwehr …«

»Aus der Luft!«, rief Achmed dazwischen. »Frank ist dort nicht fortgeflogen, ey! Der steht mit beiden Beinen auf der Erde. Der weiß, was er tut! Schaut doch mal, gleich hat er es geschafft!«

Es stimmte. Während seine Freunde darüber stritten, wie man Frank am besten helfen könnte, war dieser längst unten an der Straße angekommen.

»Yeah!«, riefen Kolja und Achmed und klatschten sich ab. Jennifer atmete tief durch. Doch sie nahm sich fest vor, beim nächsten Mal nicht erst zu diskutieren, sondern sofort zu handeln.

Da sagte Miriam: »Einen Moment!«

Sie ging das Streitgespräch in Gedanken noch einmal durch. Irgendetwas ließ sie aufhorchen. Was war das? Was hatte ihre Aufmerksamkeit hervorgerufen?

Die Feuerwehr ist nicht nur für das Feuer und das Wasser da. Frank steht mit beiden Beinen auf der Erde. Den Vogel aus der Luft retten.

Miriam sprach die Sätze laut vor sich hin.

Kolja und Achmed tippten sich an die Stirn. Thomas und Ben blickten sich ratlos an, doch Jennifer wiederholte: »Feuer. Wasser. Erde. Luft.«

War in dem Rätsel nicht von vier Elementen die Rede gewesen?

»Feuer. Wasser. Erde. Luft. Das sind die vier Elemente!«, wusste Jennifer.

»Aber in dem Rätsel heißt es ja, dass wir zwei abziehen sollen: *Vier Elemente – Subtrahiere zwei und verbinde die verbleibenden richtig.* Welche zwei sollen wir abziehen?«, wollte Ben wissen.

Das war etwas für Thomas. Sofort kramte er aus den Tiefen der Müllhalden in Bens Zimmer ein Blatt Papier und einen Stift hervor und notierte die einzelnen Möglichkeiten:

Luft und Erde
Luft und Wasser
Luft und Feuer
Feuer und Wasser
Feuer und Erde
Erde und Wasser

Mehr Möglichkeiten gab es nicht. Aber welche dieser Kombinationen ergab einen Sinn?

»Feuerwasser!«, fiel Achmed natürlich als Erstes ein. Jennifer verzog den Mund.

»Weißt du etwas Besseres, ey?«, verteidigte er sich.

Jennifer wusste nichts Besseres.

»Wennschon, dann umgekehrt«, schlug Thomas vor. »Wasser auf Feuer!«

»Womit wir wieder bei der Feuerwehr wären«, stellte Miriam fest. »Wir bewegen uns im Kreis!«

Schweigen im Raum.

Sie kamen nicht weiter. Oder doch? Ben wurde das Gefühl nicht los, dass sie der Lösung erheblich näher waren, als sie vermuteten.

Die zehn Runner in den verschiedenen Städten hatten unterschiedliche Rätsel zu lösen, die sie zu bestimmten Orten führten. Um das Spiel aber trotzdem halbwegs gerecht zu machen, musste es objektive Kriterien geben, wonach ein Rätsel gestellt wurde. Was konnte solch ein objektives Kriterium sein? Verbarg sich hinter all den Rätseln ein gemeinsamer Nenner, eine gemeinsame Idee?

Sie bewegten sich im Kreis. Vielleicht war dieser Gedanke gar nicht so dumm? Die Kandidaten bewegten sich im Kreis.

Ben überlegte noch eine Sekunde, dann sprach er diesen Gedanken laut aus: »Die Runner bewegen sich im Kreis! Das wäre doch eine Lösung!«

»Oh Mann, ey!«, stöhnte Achmed. »Was soll das nun wieder?«

»Das gemeinsame, objektive Kriterium für alle Runner könnte eine geometrische Form sein: Alle Runner bewegen sich im Kreis!«

»Ja!«, frotzelte Kolja. »Oder sie springen vor Verzweiflung im Dreieck!«

Aber Ben nahm selbst diesen Hinweis ernst.

»Die Karte!«, sagte er bloß und öffnete im Internet den Stadtplan, der zu Franks Spiel gehörte. Den Plan von Neustadt. Er suchte die Kirche, in der das zweite Rätsel versteckt gewesen war, und markierte sie.

»Wasser auf Feuer!«, murmelte er. »Nur mal angenommen, der zweite Ort wäre tatsächlich die Feuerwehr ... «

Er suchte auf dem Plan, fand diesen Punkt ebenfalls und markierte ihn, ebenso wie den Standort des Hotels, wo Frank untergebracht war. Als sie sich die Anordnung dieser drei Punkte anschauten, sahen es alle. Verband man die Punkte miteinander, so konnten sie tatsächlich auf der Peripherie eines Kreises liegen!

»Mann!«, rief Ben und sprang vor Freude auf. »Ich glaube, wir haben den Schlüssel geknackt, die Struktur erkannt. Wenn wir den Kreis fertig zeichnen, werden wir sehen, welche Orte als Nächstes für Frank infrage kommen! Thomas, hilf mal mit. Irgendwo in meinem Zimmer müsste ein Zirkel liegen.«

»Ha!«, machte Kathrin, rümpfte die Nase und schaute sich im Zimmer um. »Irgendwo im Heuhaufen liegt eine Stecknadel. Wie sollen wir in diesem Chaos einen Zirkel finden?« Um die Aussichtslosigkeit der Suche zu unterstreichen, zupfte sie mit spitzen Fingern eine Unterhose vom Boden auf und warf sie in eine Ecke. Gleichzeitig schob sie mit dem Fuß einen leeren Joghurtbecher beiseite.

Thomas schüttelte den Kopf. »Warum sollte man wohl in einem Heuhaufen keine Stecknadel finden, wenn man weiß, dass sie da ist?«, fragte er. »Alles eine Frage der Geduld ... «,

er rutschte schon auf den Knien durchs Zimmer,

»… der Übung … «,
er krabbelte halb unters Bett,
»… und der Erfahrung.«

Er kam unter dem Bett hervor und hielt triumphierend Bens Zirkel in der Hand.

Seine Freunde spendeten tosenden Beifall.

Kathrin gab sich lachend geschlagen.

»Genial!«, fand Jennifer. Damit meinte sie nicht nur Thomas' Gabe, Sachen zu finden, sondern auch die Art der Rätselstruktur. Solche Aufgaben faszinierten sie. Die Empörung über die Gefahr, in der sich Frank gerade noch befunden hatte, war vergessen.

Sarah!

Per SMS informierten sie Frank über ihre Erkenntnisse. Leider durfte er keinen Stadtplan benutzen. Die Beschreibung seiner Freunde ermöglichte ihm nur eine grobe Orientierung. Danach war das Spritzenhaus der städtischen Feuerwehr nicht sehr weit entfernt. Fünfzehn Minuten zu Fuß, hatte Ben geschätzt. Es gab zwei Routen: eine längere entlang der Hauptverkehrsstraßen und die kürzere durch viele verwinkelte Gassen.

Frank überlegte, welche er wählen sollte. In der Masse wurde man vielleicht nicht so schnell erkannt, überlegte er; hingegen würde er auch mehr Menschen begegnen, die ihn erkennen konnten. In den Gässchen kam er mit den Passanten mehr auf Tuchfühlung. Die Wahrscheinlichkeit, erkannt zu werden, war somit wohl höher. Aber auch die Chance, in den verwinkelten Gässchen zu verschwinden, war größer. Frank entschied sich für den kürzeren, verwinkelten Weg. Er blickte sich um, auf der Suche nach Anhaltspunkten. Ein kleines Symbol auf einem Hinweisschild stach ihm ins Auge: ein weißes Quadrat mit blauen Wellen. Ein Schwimmbad!

Frank sah an seiner schokoladenverschmierten Hose hinunter, rieb sich die klebrigen Hände und fand, dass er stark nach Kakao roch. An sich kein schlechter Geruch, fand er. Duftete die eigene Hose danach, war das allerdings eine andere Sache. Ein Schwimmbad kam wie ein Geschenk des Himmels. In Erwartung einer angenehm heißen Dusche folgte er dem Hinweisschild.

»Verdammt, das war gefährlich!« Dr. Monika Hülser nahm einen Becher Kaffee entgegen, den ihr der Mann mit den Stoppelhaaren aus der Kantine mitgebracht hatte. Sie berichtete ihm von Franks waghalsiger Befreiungsaktion.

»Hat der Spielbetreuer nicht eingegriffen?«, wunderte sich der Kollege.

Die Psychologin zuckte mit den Schultern. »Der kam in dem Moment ja selbst nicht an Frank heran!«

»Und wir haben von hier aus auch keinen Einfluss«, stellte der Mann mit dem Stoppelhaar fest. »Denn die Runner wissen von uns ja gar nichts.«

Zur selben Zeit hob der Geschäftsführer eines kleinen Elektronikunternehmens einen Bug mit einer Pinzette, die eigentlich für Mikroskopierarbeiten gedacht war, vom Schreibtisch und betrachtete ihn durch eine Lupe. Selbst damit war das Teilchen kaum zu erkennen. Der Geschäftsführer lächelte zufrieden. Das große Geld wird in der heutigen Zeit eben mit den ganz kleinen Dingen gemacht, dachte er, legte das Produkt vorsichtig in eine kleine Plexiglasschachtel, trug die Schachtel zurück in den Safe und verschloss ihn.

Der Praxistest des BKA war hervorragend gelaufen. Die aktuelle Versuchsreihe verlief ebenfalls problemlos.

Die Präsentation vor den Geschäftsleuten, die die serienmäßige Produktion für den Weltmarkt finanzieren sollten, würde großartig ausfallen.

Frank fühlte sich gut. Sehr gut sogar. Außergewöhnlich gut, ausgeschlafen, kräftig, fit. Er verstand seinen eigenen Körper nicht mehr. Er war ein durchtrainierter Sportler, der jedes Zipperlein, jedes Zwicken und Zwacken in seinen Muskeln einschätzen konnte – aber so hervorragend hatte er sich noch nie gefühlt. Stünde er in diesem Augenblick nicht auf der Straße, sondern auf einer Tartanbahn, er wäre glatt einen Sprintrekord gelaufen. Das Wort »Doping« fiel ihm ein. So wie er in diesem Augenblick fühlten sich vielleicht jene Profisportler, die sich vor wichtigen Wettkämpfen mit besonderen Mitteln zu Hochleistungen spritzen ließen.

Spritze!

Frank fiel ein, dass alle Runner vor Beginn des Spieles eine Vitaminspritze bekommen hatten. Hatte es sich dabei wirklich nur um Vitamine gehandelt? Wenn es ein Dopingmittel gewesen wäre, hätte er in der Kirche aber vermutlich keinen Schwächeanfall erlitten. Und welchen Sinn hätte ein Dopingmittel, wenn es alle Spieler bekamen? Frank wurde nicht schlau aus diesen Vermutungen. Er wusste nur, irgendetwas an seinem Körper war anders, als er es kannte. Vielleicht grübelte er aber auch einfach zu viel? Vielleicht sollte er lieber die Gelegenheit nutzen, um etwas zu unternehmen – jetzt, da er sich so außerordentlich fit fühlte. Wäre es nicht Verschwendung von Zeit und Kraft, jetzt ins Schwimmbad zu gehen, nur um zu duschen?

Frank erinnerte sich an zahlreiche Sportwettkämpfe, in denen er sich durch Regen, Matsch und Schlamm gekämpft hatte. Da war Schokoladenpudding am Körper immerhin noch angenehmer. Er beschloss, auf das Duschen zu verzichten, seinen körperlichen Höhenflug zu nutzen und so schnell wie möglich die Feuerwache zu suchen.

Er bog in die nächste Seitengasse ab, bereute diesen Schritt aber schon nach wenigen Metern. Drei Jugendliche standen vor dem Eingang einer Burger-Kette. Sie erkannten Frank sofort.

Noch ehe Frank sich abwenden konnte, hatten die drei ihre Freunde aus dem Restaurant zusammengerufen. Die ersten kramten bereits Zettel und Stifte aus ihren Taschen und rasten auf Frank los, um Autogramme von ihm zu ergattern.

Schon hatte ein Mädchen, das Miriam erstaunlich ähnlich sah, ihn am Shirt gepackt und zog ihn zu sich heran.

»Frank. Du bist mein Lieblingskandidat!«, juchzte sie. »Bitte, bitte, nur ein kleines Küsschen auf die Wange!«

»Lass mich los!«, forderte Frank.

Aus den Augenwinkeln sah er, wie im Hintergrund einige Jungs ihre Handys benutzten. Es würde nicht lange dauern, bis einige der fünf Trapper hier auftauchen würden, um ihn zu schnappen.

Auch einigen Mädchen war dies nicht entgangen.

»Wehe, wenn ihr ihn verratet!«, warnten sie die Jungs. »Frank soll gewinnen. Wir haben auf ihn gewettet!«

»Auf den?«, fragte einer der Jungs. Er konnte nicht glauben, dass die Mädchen aus seiner Schulklasse auf den Runner der fremden Stadt gesetzt hatten und nicht auf den eigenen.

»Klar!«, bestätigte das Miriam-Double. »Er ist doch mit Abstand der Süßeste!«

»Weiber!«, stieß der Junge verächtlich aus und wollte weiter die Nummer auf seinem Handy wählen, wohl, um einen Trapper zu informieren oder jemanden, der gerade das Spiel am Monitor verfolgte, doch eines der Mädchen riss es ihm aus der Hand.

»Ey, blöde Kuh!«, schnauzte der Junge sie an.

Frank erkannte seine Chance zu entkommen.

»Bring mich von hier fort!«, flüsterte er dem Mädchen an seinem Hals zu. »Schnell. Ich verspreche dir drei Küsse, wenn du mich hier wegbringst.«

Die Augen des Mädchens glänzten. »Auf Zunge?«, fragte sie.

Oh Mann!, dachte Frank. Was wurde in diesem Spiel noch alles von ihm verlangt? »Ja, ja!«, versprach er schnell.

»Dann komm!« Während die anderen noch um das Handy rangelten, zog das Mädchen Frank um die nächste Ecke. Doch schon besannen sich die anderen und nahmen die Verfolgung auf.

»Wie heißt du eigentlich?«, fragte Frank, während er von dem Mädchen in einen Hinterhof gezogen wurde.

»Sarah«, antwortete das Mädchen. »Das ist hebräisch und heißt Herrin. Wage es also nicht, mir zu widersprechen!«

Genau wie Miriam!, dachte Frank. Diese Sarah hätte glatt ihre Zwillingsschwester sein können.

»Is was?«, fragte Sarah,

»Nein!«, antwortete Frank schnell.

Sarah zog Frank weiter mit in einen Hauseingang, durchs Treppenhaus zu einem Hinterausgang, ein Stückchen durch einen Vorgarten, bis sie wieder auf eine Straße gelangten, in der eine kleine Baustelle abgesperrt war.

Sarah sprang über das rot-weiße Absperrband und schlüpfte in das kleine Zelt hinein, das in der Mitte der Baustelle aufgeschlagen war. Unsicher folgte ihr Frank.

In der Mitte des Zeltes stand der Gullideckel offen. Ohne zu zögern, kletterte Sarah in den Schacht hinein, bis nur noch ihr Kopf herausschaute. Sie trieb Frank an, sich zu beeilen und ihr zu folgen.

Frank blieb stehen. »Ist das nicht verboten?«, wandte er ein.

»Das ist exakt der Grund, weshalb deine Verfolger, die gleich hier sein werden, sich hoffentlich hier nicht hineintrauen!«, gab Sarah zurück.

Frank hörte die Stimmen von außen. Seine Verfolger waren ihm dichter auf den Fersen, als er vermutet hatte.

»Er ist dort drinnen!«, rief jemand.

»Sollen wir hinterher?«

»Lieber nicht!«

»Sind die Trapper unterwegs?«

»Ja!«

»Dann überlass es denen!«

Frank hatte keine Wahl. Es führte nur ein einziger Ausweg aus diesem Zelt heraus: nach unten!

»Du scheinst diesen Weg nicht das erste Mal zu gehen!«, stellte er fest, während er in den Schacht hineinkletterte.

»Du hast Recht. Einmal war ich schon hier unten. Ich habe das mal in einem Krimi gelesen. Da flüchtete ein Mädchen mit ihrer Ratte durch die Kanalisation. Ich hab's dann gleich ausprobiert, als ich mal abhauen musste!«, gab Sarah zu.

»Ich bin aber keine Ratte!«, wehrte sich Frank gegen den Vergleich. Außerdem hätte er gern gewusst, aus welchem Grunde Sarah es einmal nötig gehabt hatte, auf solch abenteuerlichem Wege zu verschwinden, aber er hob sich seine Frage für später auf. Unten angekommen, schaute er sich nach beiden Seiten um. Es stank erbärmlich hier in der Kanalisation. Nicht eine Sekunde länger als notwendig würde er hier unten verbringen.

»Wohin?«, fragte er.

»Hierhin!«, antwortete Sarah. Sie zeigte auf ihren Mund.

Es dauerte einen Moment, ehe Frank begriff. Sarah verlangte die versprochenen Küsse.

»Jetzt?«, fragte er entsetzt.

»Wann sonst?«

Später, wollte Frank vorschlagen, doch da hatte Sarah ihn schon zu sich herangezogen und drückte ihm den ersten feuchten Kuss auf den Mund. Was hieß *auf*

den Mund? Sie bohrte ihre Zunge in seinen Rachen, umspielte seine Zunge, fuhr an seinen Zähnen entlang. Frank wusste nicht, wie ihm geschah. Ihm war es unangenehm. Er wollte fliehen, vor der Meute, vor Sarah, vor dem feuchten Sabberkuss, fühlte sich nicht wohl in ihren Armen, so fest umschlungen wie in einem Schraubstock gefangen, wollte sich wehren, mochte nicht ihre Zunge an seinem Gaumen spüren, ekelte sich vor der Nässe, die er auf seinen Lippen spürte, wusste nicht so recht, was er mit seiner eigenen Zunge machen sollte, die im Wege lag wie ein hingeworfenes Wischtuch.

Sarah ließ von ihm ab. »Du hast doch schon mal geküsst?«, fragte sie ihn.

»Hm ... äh ... klar«, stotterte Frank. Himmel, was für eine Frage! Er ahnte jetzt, wozu Sarah schon einmal hierher gekommen war. Nicht etwa, um *vor* jemandem zu fliehen, sondern um sich *mit* einem Jungen hier zu verkrümeln.

In seinem bisherigen Leben war es Frank meist gelungen, Küsse zu vermeiden. Nur einmal hatte er sich geschlagen geben müssen, als es Miriam geschafft hatte, sich ihn beim Flaschendrehen zu schnappen und ihm einen Kuss abzuringen. Damals hätte er sich gern dagegen gewehrt. Es war ihm bei Miriam genauso wenig gelungen wie nun bei Sarah, die sich soeben den zweiten Kuss holte.

Frank erinnerte sich, was ihm Miriam übers Küssen erzählt hatte – später, lange nach dem Flaschendrehen. Sie hatte sich persönlich überzeugt, ob er ihre Lektion begriffen hatte.

Und Miriam war es jetzt auch, die mit offenem Mund vor Bens Monitor stand und mit ansah, wie Frank das fremde Mädchen küsste. Natürlich sah sie es gar nicht wirklich. Denn Franks Kamera zeigte lediglich Sarahs Haarbüschel. Aber Miriam hatte genug Fantasie.

»Was ist denn das für eine Tussi?«, empörte sie sich.

Jennifer kicherte. Miriam tat gerade so, als ob sie mit Frank zusammen wäre und sonst keine anderen Jungs angucken würde.

»Eifersüchtig?«, frotzelte sie.

»Quatsch mit Soße!«, antwortete Miriam entrüstet. »Aber die wagt es noch, Frank zu fragen, ob er das erste Mal küsst. Die hat sie wohl nicht alle!«

»Woher weißt du das denn?«, wunderte sich Ben. »Kannst du von den Lippen ablesen?«

»Ne!«, antwortete Miriam. »Aber von den Fratzen bestimmter Mädchen. Und die da hat Frank gerade gefragt, ob er das erste Mal küsst. Das schwöre ich dir.«

Sie baute sich vor dem Monitor auf, als wollte sie sich im nächsten Moment mit ihm in einen Zweikampf begeben. »Hör zu, Alte. Das Küssen hat Frank bei mir gelernt! Der kann küssen, verstanden?«

Mit einem Mal starrten sie sechs Augenpaare an. Niemand hatte von Franks heimlichen Nachhilfestunden bei Miriam jemals etwas geahnt.

»Öh ... !«, stotterte Miriam, als ihr bewusst wurde, wie sehr sie sich soeben verplappert hatte. »Rein theo... theo... !«

»Theo?«, hakte Kathrin nach. »Was denn für ein Theo? Ich denke, Frank!«

»Theoretisch, wollte ich sagen«, ergänzte Miriam. »Ich habe ihm das Küssen rein theoretisch beigebracht.«

Miriam erntete herzliches Gelächter. Miriam und theoretisch küssen! Ebenso hätte Thomas behaupten können, er hätte nur theoretisch etwas gefunden. So etwas gab es nicht. Wenn Miriam von küssen sprach, dann hatte sie es auch getan.

Jennifer wandte sich wieder zum Monitor. »Jedenfalls war dein Unterricht höchst erfolgreich!« Sie zeigte auf das Bild, welches nach wie vor nur eine unscharfe Struktur zeigte. Die beiden lagen sich immer noch in den Armen.

»Zu gut, scheint mir«, murmelte Miriam.

Frank gab seinen Widerstand auf, ließ sich Sarahs Lippen auf die seinen drücken. Ein wenig wich er zurück, so dass die Lippen sich zwar noch berührten, aber zarter, als wären sie aus feinstem, zerbrechlichstem Porzellan.

»Wow!«, flüsterte Sarah. »Ein Meister seines Fachs!«

»Und den dritten Kuss gibt der Meister, wenn er hier draußen ist!«, antwortete Frank und löste sich schnell aus Sarahs Umarmung. »In welche Richtung müssen wir laufen?«

Sarah zuckte mit den Schultern. »Woher soll ich das wissen? Weiter als bis hierhin war ich auch noch nie.«

Doch sie zeigte deswegen nicht die kleinsten Anzeichen von Verzweiflung oder Ratlosigkeit. Das Wort *aufgeben* schien sie nicht zu kennen.

»Gehen wir halt hier entlang«, schlug sie vor.

»Weshalb gerade dorthin?«, fragte Frank nach und erhielt eine verblüffende Antwort:

»Keine Ahnung. Es gibt keinen Grund. Wir müssen nur einfach mal hier fort. Oder?«

Frank folgte ihr.

Das Spiel war noch keine sieben Stunden alt und Frank saß schon im dicksten Schlamassel. Er war von oben bis unten mit Schokoladenpudding verschmiert. Er hatte ein verrücktes Mädchen als Begleitung, das total in ihn vernarrt war und dem er noch einen Kuss schuldete. Beide hatten keinen Schimmer, in welche Richtung sie sich bewegten oder wo sich der nächste Ausstieg befand. Vielleicht würden sie sich verlaufen und überhaupt nicht mehr aus dem Gewirr der Kanalisation herausfinden?

»Warte!«, rief Frank.

Sarah blieb stehen, Frank suchte das Stück Kreide aus seinem Rucksack. In Gedanken schickte er einen Gruß an Thomas.

»Ja! Frank benutzt meine Kreide!«, jubelte der vor Bens Monitor.

Er war völlig aus dem Häuschen, sprang in Bens Zimmer umher, hatte die Arme emporgerissen, als wäre das entscheidende Tor im Endspiel der Champions-League gefallen. »Ich habe es doch gleich gesagt, so etwas braucht man immer! Jetzt kann er seinen Weg markieren. Gut, Frank. Weiter so!«

»Krieg dich mal wieder ein, ey!«, ermahnte Achmed ihn.

Thomas hüpfte weiter wie ein Flummi durch Bens Zimmer. Achmed und Kolja hatten blöde Sprüche über ihn gemacht, jetzt aber würde sein Survivalpack Frank retten. Ja! Ja! Ja!

Frank malte ein Kreuz an die glitschig feuchte Wand der Kanalisation.

»Gar nicht so dumm!«, kommentierte Sarah.

»Es geht nichts über gute Freunde!«, antwortete Frank.

Sarah nickte. »Von heute an hast du eine gute Freundin mehr!«

In diesem Augenblick wurde Frank bewusst, dass er Sarah nicht mehr so schnell loswerden würde. Aber seltsamerweise war ihm dieser Gedanke keineswegs unangenehm.

Verdacht

»Das glaube ich nicht. Das glaube ich nicht!«

Miriam war außer sich. Das Videobild, das von Franks Kamera übertragen wurde, stand schon eine ganze Weile still. Eine unnatürlich lange Weile. Genauer gesagt: Ganz still war es nicht. Die Übertragung funktionierte, aber Frank schien sich nicht zu bewegen. Stattdessen sahen Miriam und die anderen immer nur das Gesicht des fremden Mädchens auf dem Bildschirm.

»Die machen direkt vor der Kamera miteinander rum!«, empörte Miriam sich. »Das ist doch schamlos!«

Kolja grinste Miriam frech an. »Wenn du an ihrer Stelle wärst, wäre es dir sicher auch egal!«

»Pah!«, machte Miriam nur.

Jennifer mochte Miriams Empörung auch nicht teilen, aber aus einem anderen Grund als Kolja. Miriam irrte sich. Davon war Jennifer überzeugt. Sie schaute sich das Gesicht des Mädchens genau an. Sie konnte keine Spur von Leidenschaft darin erkennen, nicht einmal Spaß, sondern ganz im Gegenteil. Miriam hatte in ihrer rasenden Eifersucht einfach nur das gesehen, was sie sehen wollte. Wenn man genau hinschaute, erkannte man, was das Mädchen wirklich bewegte: Furcht, Sorge. Das Mädchen hatte Angst.

Sie wies Miriam auf ihre Beobachtung hin.

»Ha!«, machte Miriam. »Die Schnepfe sollte höchstens Angst davor haben, mir in die Finger zu geraten. Dazu hätte sie jedenfalls allen Grund.«

»Seit wann hast du denn was mit Frank, ey?«, fragte Achmed. Irgendwie war ihm da wohl etwas entgangen.

»Ich hab überhaupt nichts mit ihm!«, behauptete Miriam.

»Wozu dann die Aufregung, ey?«, wunderte sich Achmed.

»Leute!«, unterbrach Jennifer den Streit. »Frank hat doch gar nichts mit dem Mädchen! Schaut sie euch doch mal an!«

Ben beherzigte Jennifers Aufforderung zuerst. Er rückte mit seiner Nase Richtung Monitor. Das Videobild ruckelte plötzlich hin und her.

Ben wich zurück. Ihm fiel nur eine Erklärung für das verwackelte Bild ein. »Sie hat Frank zwei Ohrfeigen verpasst!«, vermutete er.

Miriam drückte Thomas und Kathrin beiseite. »Das glaube ich nicht!«

»Du wiederholst dich!«, stellte Kolja fest.

»Wieso schlägt sie Frank? Hat die Alte nicht mehr alle Gehirnzellen unter Kontrolle? Was fällt der dummen Kuh denn ein?«

»Wieso lässt der sich schlagen?«

Jennifers Frage ließ die anderen verstummen. Es war eine gute Frage. Nach wie vor sahen sie auf dem Monitor nur das Gesicht des Mädchens, der Hintergrund bewegte sich nicht. Erneut ruckelte das Bild kurz hin und her und beruhigte sich wieder. Die sorgenvolle Miene des Mädchens verfinsterte sich noch mehr.

»Wisst ihr was?«, fragte Ben in die Runde. »Der wehrt sich nicht, weil er es nicht kann!«

»Was?«, schrie Miriam. »Du meinst, die Schnepfe hat Frank gefesselt?«

»Quatsch!«, gab Ben zurück. »Ich meine, er ist ohnmächtig!«

Plötzlich ergaben die Bilder einen Sinn: Frank lag ohnmächtig auf dem Boden, seine Kamera blickte starr nach oben. Das Mädchen hatte sich über Frank gebeugt, versuchte, ihm zu helfen, wusste aber nicht, wie, und mühte sich, ihn wieder wach zu bekommen. Sie verpasste ihm links und rechts jeweils zwei Ohrfeigen.

Frank rührte sich immer noch nicht.

»Wieso greift niemand ein?«, fragte Miriam ensetzt. »Was ist mit dem Spielbetreuer? Wo steckt der?«

Niemand konnte es sich erklären.

Plötzlich bewegte sich das Bild wieder.

»Er hebt den Kopf!«, teilte Ben den anderen mit, obwohl es alle selbst gesehen hatten. Frank erwachte. Sein erster Blick fiel auf das Gesicht eines Mädchens, das neben ihm kniete.

Er erschrak. Er kannte das Mädchen nicht. Wo war er? Er schaute sich um. Dunkle Gänge, feuchte, schmutzige Wände. Ein stinkender Fluss floss dicht an ihnen vorbei.

»Hey!«, machte das Mädchen. »Ich bin Sarah! Schon vergessen?«

Das Spiel, die Stadt, sein Weg zum Feuerwehrhaus, die Fans und Verfolger, Sarah, die Flucht in die Kanalisation. Nach und nach tauchte alles vor Franks geistigem Auge wieder auf. Er erinnerte sich.

»Was ist mit mir passiert?«, fragte er.

Das Mädchen zog die Schultern hoch. »Keine Ahnung. Plötzlich lagst du hier. Ohnmächtig. Hast du das öfter?«

»Das habe ich nie!«, antwortete Frank wahrheitsgemäß.

Sarah hingegen hatte das schon ein paar Mal erlebt. Ihr Blutdruck war zu niedrig, ihr Kreislauf machte mitunter schlapp.

»Das ist das Wachstum«, hatte der Hausarzt gesagt. »Nichts Beunruhigendes.« Er hatte ihr ein paar Tropfen verschrieben und eine Liste aller Aktivitäten mitgegeben, die dazu angetan waren, den Kreislauf in Schwung zu bringen. Den Tipp, morgens kalt zu duschen, hatte sie nie befolgt. Kalt duschen war etwas für Irre, fand Sarah.

Frank duschte regelmäßig kalt nach dem Joggen. Er trieb Sport wie ein Verrückter. Sein Körper war bis in die Zehenspitzen durchtrainiert, er ernährte sich gesund und verbrachte viel Zeit draußen an der frischen Luft. Die einzigen Probleme mit der Gesundheit, die er hatte, waren Zerrungen oder Muskelverhärtungen, aber bestimmt keine Kreislaufschwächen.

An diesem Tag hatte er bereits zum wiederholten Male Probleme damit. Das war nicht normal. Hier stimmte etwas nicht.

»Du solltest zurück ins Hotel gehen und dich durchchecken lassen«, riet Sarah ihm.

Frank nickte. Wahrscheinlich blieb ihm nichts anderes übrig, wenn er weiterspielen wollte.

Sarah reichte ihm die Hand. Als er einschlug, zog sie ihn hoch.

»Alles okay?«, fragte sie prüfend.

Frank fühlte sich gut. Der Schwindel war verflogen. Ein klein wenig wackelig stand er noch auf den Beinen, doch auch dieses Gefühl verflog im Nu.

»Also los!« Sarah ging voran.

Frank fragte nicht, weshalb sie sich ausgerechnet für diese Richtung entschieden hatte. Er verließ sich auf ihren Instinkt und folgte ihr.

Erleichtert hatten seine Freunde die Szene beobachtet. So ganz aber ließen sich ihre Sorgen nicht vertreiben. Frank war die Gesundheit pur. Wenn der sich nicht wohl fühlte, dann steckte etwas Ernstes dahinter.

»Schick ihm mal 'ne Nachricht!«, schlug Jennifer Ben vor. »Er soll zum Arzt gehen oder so.«

Ben nickte, schickte die SMS und bekam sogleich zur Antwort, dass Frank genau das vorhatte.

Einerseits waren die Freunde erleichtert über diese Nachricht. Andererseits bedeutete es nichts Gutes, wenn Frank bereit war, ein Spiel zu unterbrechen, um einen Arzt aufzusuchen.

»Da ist irgendetwas faul«, befürchtete Thomas.

Ben biss sich auf die Lippe. Nachdenklich schaute er Jennifer an. Sie verstand, woran er dachte. Was, wenn Frank gar nicht krank war?

»Denkst du auch an den Runner in unserer Stadt?«, fragte Ben. Jennifer nickte.

»Moment mal!«, ging Miriam dazwischen. »Was meint ihr? Wovon sprecht ihr?«

Ben erinnerte an das seltsame Verhalten des Runners aus Weiden, als Kolja und Achmed ihm auf die Spur gekommen waren.

»Wieso?«, fragte Kolja. »Der Typ war einfach nur durchgeknallt. Das ist alles! Was hat das mit Frank zu tun?«

Ben wusste es auch nicht. Wenn aber zwei Runner sich plötzlich so ungewöhnlich verhielten, hatte es vielleicht eine gemeinsame Ursache.

Frank war einfach niemals krank und plötzlich brach er aus heiterem Himmel ohnmächtig zusammen. Und der Runner in ihrer Stadt hatte sich derart aggressiv benommen, dass er schon beim Casting durchgefallen wäre, wenn er dort auch nur annähernd ein solches Verhalten an den Tag gelegt hätte.

»Wo ist denn der jetzt überhaupt?«

Ben klickte ein paar Buttons auf der Webseite des Spieles an. Es erschien ein Fenster mit dem Webcam-Bild des Runners.

Es zeigte eine Telefonzelle, an der der Runner gerade vorbeiging. Er blieb stehen, schien sich hinter der Zelle zu verstecken, offenbar, um abzuschätzen, ob er von jemandem beobachtet wurde.

Sein Blick richtete sich auf die Straße.

Miriam benötigte keine drei Sekunden, um den Ort zu identifizieren.

»Die Telefonzelle vor der Schwimmhalle!«, rief sie.

Auch den anderen war dieser Ort bestens bekannt.

Aber wo waren die Trapper? So leicht würde der Aufenthaltsort des Runners lange nicht mehr zu erkennen sein. Wieso nutzten die nicht die Gelegenheit und schnappten sich den Runner?

»Hab ich doch gleich gesagt!«, stöhnte Kolja. »Unsere Trapper sind die letzten Hirnis. Ehe die was peilen, ist alles zu spät!«

»Sag ihnen Bescheid!«, schlug Thomas vor.

»Bin schon dabei«, antwortete Ben. Er sandte die Informationen per Internet an die Trapper. Er konnte nur hoffen, dass einer der fünf sich irgendwo an einem Rechner befand, die Information erhielt und sie an die anderen weitergab.

»Oh Mann! Das dauert mir zu lange«, ärgerte sich Kolja. Wäre er doch in der Vorentscheidung nur einen Platz besser gewesen! Er als Trapper hätte sich nicht so blöde angestellt!

»Dann nehmen wir die Sache eben selbst in die Hand, ey!«, schlug Achmed vor. »Los, kommt. Wir düsen zum Schwimmbad. Mit dem Fahrrad sind das nur ein paar Minuten, ey!«

»Und Frank?«, wandte Jennifer ein.

Ben schaltete auf Franks Kamera um. Frank irrte noch immer mit dem Mädchen durch die Kanalisation. Sie waren stehen geblieben und schauten in die Höhe. Sie mussten wohl einen Ausstiegsschacht entdeckt haben.

»Oh Mann, ey. Der Runner geht uns durch die Lappen. Nun kommt schon!«

»Ich will sehen, was mit Frank ist!«, widersprach Jennifer.

Schnell war der Streit geklärt. Sie mussten sich aufteilen. Kolja und Achmed sollten zum Schwimmbad fahren und die Fährte des Runners wieder aufnehmen, denn selbst schnappen durften sie ihn ja nicht.

Die anderen würden Frank im Auge behalten.

»Okay. Und ihr gebt mir die Position des Runners durch«, sagte Thomas zu Kolja und Achmed. Er nahm Miriam den Telefonhörer aus der Hand. »Ben und ich informieren dann die Trapper.« Er liebte es, irgendwo zu sitzen und Zentrale zu spielen.

»Ich könnte auch ein komplettes Bewegungsprofil des Runners anlegen«, schlug Thomas jetzt vor. »Ich schreibe genau auf, von wo nach wo sich der Runner bewegt! Daraus kann man Schlussfolgerungen ziehen, wenn ihr ihn wieder aus den Augen verliert!«

»Ja! Tu das!«, lachte Ben. Thomas war und blieb wirklich immer der Alte.

»Den verlieren wir nicht aus den Augen!«, versprach Kolja und machte sich mit Achmed auf den Weg.

Frank fühlte sich schon wieder müde. Was war nur mit ihm los? Er konnte sich kaum auf den Beinen halten.

Zum Glück entdeckte Sarah endlich einen Ausstieg. Zuerst wollte sie voranklettern, doch als sie Frank ins Gesicht sah, entschied sie sich anders. »Du fällst mir noch von der Leiter«, befürchtete sie. »Geh du vor.«

Frank gehorchte. Ihm fehlte die Kraft zum Widerspruch, so müde war er. Er quälte sich an der eisernen Leiter des Schachtes hoch, als ob er seinen Körper seit vierzig Jahren nicht mehr bewegt hätte. Normalerweise wäre er mit Leichtigkeit eine solche Stufenleiter hinaufgerast.

Auf dem Marktplatz von Neustadt herrschte Abbruchstimmung. Die Marktleute bauten ihre Stände ab.

Der Fischverkäufer hatte an diesem Tag ein gutes Geschäft gemacht. Seelachsfilet, Schollen und Dorsch waren restlos ausverkauft. Das Eis, das den Fisch in den großen Behältern frisch gehalten hatte, begann zu schmelzen. Wie immer entsorgte der Verkäufer die fischigen Eisreste im nächsten Gulli.

Frank hatte gerade die letzte Stufe der Trittleiter erreicht, als sich über ihn durch den Gullideckel eine kalte, stinkende Dusche ergoss.

Er prustete, schimpfte, spuckte und wäre vor Schreck beinahe abgestürzt.

Sarah unter ihm zog den Kopf ein. Die meiste Fischbrühe spritzte über Frank.

»Bäh! Ihhhh! Örgh!«, machte Frank und wollte so schnell wie möglich wieder abwärts klettern.

Sarah hielt ihn auf. »Vorsicht, tritt mir nicht auf die Hände. Geh wieder rauf!«

Frank weigerte sich.

»Ist doch egal!«, entschied Sarah. »Mehr als jetzt kannst du eh nicht mehr versiffen: Fischbrühe mit Schokopuddingschmiere. Kannst du dir noch Schlimmeres vorstellen?«

Das konnte Frank nicht. Er schleppte sich die letzte Stufe hinauf und spürte, wie die Müdigkeit verflog. Hatte die kalte Dusche ihn so erfrischt? Woher war die Müdigkeit so plötzlich gekommen? Und wieso verschwand sie ebenso schnell wieder? Als hätte es sich bei der widerlichen Dusche um ein exquisites Lebenselixier gehandelt, erwachten in Frank neue Kräfte. Wieder fühlte er sich fit und kräftig. Ohne Schwierigkeiten hob er den Gullideckel an, schob ihn beiseite, kletterte hinaus auf die Straße und sah, wie der Fischmann, der gerade dabei war, den Asphalt vor seinem Stand zu schrubben, mit dem ganzen Dreck auf ihn zukam.

»Halt!«, rief Frank ihm entgegen.

Der Fischverkäufer stoppte. Mit großen Augen gaffte er Frank an. So was war ihm in zwanzig Jahren Marktverkauf noch nicht vorgekommen!

Der Runner

Kolja und Achmed jagten mit ihren Rädern durch die Straßen, als ob sie selbst verfolgt würden. Rücksichtslos preschte Kolja quer über den Bürgersteig. Eine Mutter konnte ihren Kinderwagen gerade noch im letzten Moment beiseite ziehen. Verärgert rief sie den Jungen hinterher. Unterstützung bekam sie von zwei jungen Mädchen, von denen die eine vor Schreck ihr Eis auf die Bluse gekleckert hatte.

Achmed folgte Kolja in kurzem Abstand. Er nutzte die Schneise, die Kolja für ihn in die einkaufenden Menschen schlug. Nach links und rechts sprangen sie, drückten sich an die Hauswände, flüchteten in die Geschäftseingänge und schimpften den wild gewordenen Jungs mit drohenden Fäusten hinterher.

In Rekordzeit hatten die Jungs das Schwimmbad erreicht.

Mit quietschenden Reifen bremsten sie in sicherer Entfernung vor der Halle ab, stiegen von den Rädern und wagten einen Blick Richtung Telefonzelle. Tatsächlich hockte der fremde Runner noch immer dahinter.

»Super, ey!«, freute sich Achmed. »Wir haben ihn!«

»Möchte wissen, wo unsere Trapper bleiben!«, meckerte Kolja. »Die Schnarchsäcke haben mal wieder nichts mitbekommen. Die brauchen den dort vorne doch nur wegzupflücken.«

»Vielleicht trauen die sich nicht zuzugreifen«, mutmaßte Achmed. Er dachte an die Attacke des Runners, die sie selbst erlebt hatten.

»Schon möglich«, glaubte auch Kolja.

Sie behielten den Runner weiterhin im Auge. Einige Minuten verharrten sie auf ihrem Beobachtungsposten, ohne dass sich etwas tat.

»Sag mal, so haben wir den doch schon auf dem Monitor gesehen, oder ey?«, stutzte Achmed schließlich.

Kolja nickte.

»Da stimmt doch etwas nicht, ey!« Achmed kam die Sache immer merkwürdiger vor. Er sah auf seine Armbanduhr, schaute wieder hinüber zum Runner. So lange blieb jemand, der unerkannt durch eine fremde Stadt zu laufen und Aufgaben zu lösen hatte, nicht regungslos an einem Platz sitzen. »Wie eine Puppe, ey!«

Kolja sah Achmed an. »Du meinst, der verarscht uns?«

Achmed hielt es für möglich.

Kolja fasste sich an den Kopf. »Wehe. Ich mach den zu Mus, ich klopp ihn zu Brei!«

»Dazu müsstest du ihn erst mal erwischen, ey«, wandte Achmed ein.

Er konnte eine gewisse Anerkennung nicht verhehlen.

Das wäre wirklich ein gerissener Coup, wenn der Runner eine Schaufensterpuppe als Double aufgestellt hätte, die sämtliche Trapper auf sich zog, während er in Ruhe seine Aufgaben löste.

»Das will ich jetzt wissen!«, entschied Kolja und rannte los, direkt auf den vermeintlichen Runner zu.

Doch da erwachte der Runner zum Leben.

Kolja blieb stehen.

Der Runner schaute sich um, wirkte ein wenig orientierungslos, schien sich zu besinnen.

»Lass ihn nicht wieder entwischen, ey!«, rief Achmed.

»Wieso denn ich? Du hast ihn das letzte Mal doch laufen lassen!«, behauptete Kolja. »Aber diesmal hole ich ihn mir.«

Kolja setzte sich wieder in Bewegung.

Achmed blieb stehen. Sie durften den Runner ja gar nicht fangen. Er holte sein Handy hervor, um Thomas zu informieren.

Was wollte Kolja tun, wenn er den Runner erreicht hatte?, fragte sich Achmed. Er würde ihn doch bloß verschrecken. Viel geschickter wäre es gewesen, den Runner nur zu beobachten und seinen Standort zu verraten.

Tatsächlich: Jetzt lief der Runner hinüber zur Schwimmhalle!

»Er will abhauen!« Kolja hatte sich kurz zu Achmed gewandt, ruderte mit den Armen, zeigte die Fluchtrichtung an. Achmed kapierte, rannte ebenfalls los und wollte dem Runner den Weg abschneiden.

Der Runner machte seinem Namen alle Ehre und lief, wie Kolja und Achmed noch nie einen Jungen hatten laufen sehen. Mit großen, schnellen Schritten flog der Runner förmlich über den Asphalt, sprang über zwei Fahrradständer hinweg wie eine Gazelle, schlug Haken wie ein Kaninchen auf der Flucht, verschwand hinter der nächsten Ecke und war aus Koljas Blickfeld verschwunden. Kolja gab alles, was in ihm steckte. Er hetzte sich die Lunge aus dem Leib, hatte dennoch das Gefühl, erst Stunden nach dem Runner die Hausecke erreicht zu haben. Dort sah er genau das, was er befürchtet hatte: nichts.

»Verflucht, wo ist er hin?«

Achmed erreichte ihn völlig außer Atem. »Was war das denn, ey? Ein Runner mit Turbo, oder was, ey? Dagegen ist Frank ja die letzte Schnecke!«

Achmed gab die Information gleich an Thomas weiter.

»Sie haben ihn wieder entwischen lassen. Ich fasse es nicht!« Thomas ließ sich auf einen Stuhl fallen. Ein ungutes Knirschen ließ ihn sofort wieder hochfahren, als ob er sich auf eine Reißzwecke gesetzt hätte. Auf dem Sessel lag eine CD, die Thomas mit seinem Gewicht in drei Teile zerlegt hatte.

»Oh weh!«, entfuhr es ihm. Mit schuldbewusster Miene zeigte er Ben die zerbrochene Scheibe.

Ben nahm sich eine Scherbe aus Thomas' Hand, betrachtete sie und erklärte das Unglück für unbedenklich: »Ein altes Spiel aus einer Heft-CD. Das Teil habe ich dreimal!«

Thomas Gesicht hellte sich auf. »Kann ich die dann haben?«

»Die Scherben?«, fragte Ben.

Thomas nickte. »Ich habe noch mehr. Die klebe ich auf einen alten Basketball und bastle mir so eine Discokugel!«

»Eine Discokugel bist du doch selbst!«, lachte Miriam.

Thomas überhörte den Spruch und steckte sich die dreigeteilte CD-ROM ein.

Ben wandte sich wieder seinem Bildschirm zu, auf dem er nun alle Fenster öffnete, mit denen man die Kamerabilder der Runner sehen konnte. Zehn kleine Fenster öffneten sich. An den eingeblendeten Anzeigen am unteren Rand der Fenster konnte er ablesen, wie weit die Runner waren: Drei waren ebenso wie Frank gerade dabei, die zweite Aufgabe zu knacken, vier Runner hatten noch mit der ersten Aufgabe zu tun und zwei hatten sogar bereits die zweite Aufgabe gelöst.

Seltsamerweise waren die beiden Runner, die vorn lagen, im Moment außer Gefecht gesetzt. Das einzige Mädchen unter den Runnern irrte auf einem Marktplatz umher, als hätte sie niemals zuvor auf einem Marktplatz gestanden. Jedenfalls machte das Kamerabild den Eindruck, als ob sie taumelte. Das Bild des anderen Runners stand still, so, wie es bei Frank stillgestanden hatte, als er in der Kanalisation ohnmächtig geworden war.

Die drei, die mit der zweiten Aufgabe beschäftigt waren, verkörperten das exakte Gegenteil. Der Runner aus Weiden hatte Kolja und Achmed abgehängt. Das war keine Kleinigkeit, wusste Ben. Und auch die Bilder der anderen beiden zeigten atemberaubende Bilderwechsel. Die beiden Runner schienen agil, wendig, und mit ausgesprochen beeindruckenden körperlichen

Fähigkeiten ihre Verfolger abzuschütteln, wenn Ben die Kameraübertragungen richtig deutete.

Diejenigen, die noch mit der ersten Aufgabe zu tun hatten, wirkten hingegen normal. So wie Frank auch zu Beginn des Spiels.

Auffällig war, dass die Runner mit dem jeweils selben Spielstand auch die gleiche Art der Kamerabilder zeigten. »Das ist doch seltsam!«, fand Ben.

»Die wirken beinahe wie ferngesteuert!«, fand Jennifer.

»Wie meinst du das?«, hakte Miriam nach.

»Wenn ich Regisseurin der Sendung wäre und die Handlungen der Kandidaten bestimmen könnte ... «, erklärte Jennifer, »... dann hätte ich genau diese Anweisung gegeben. Die Besten bremsen, die Zweitbesten fördern, um die Spannung zu erhalten. Und die Letzten auf normalem Niveau halten, damit die Zuschauer sich identifizieren können!«

»Du meinst, das Ganze ist manipuliert? Die Kandidaten spielen ihre Rolle nur?«, brachte Kathrin Jennifers Vermutung auf den Punkt. Das konnte sich Kathrin sehr gut vorstellen. Ebenso wie Jennifer sah sie diese Sendung und dieses Spiel Reality Game mit großer Skepsis. Dass es dabei nur mit Schmu und Manipulation zuging, hätte genau dem entsprochen, was sie ohnehin von den Fernsehsendern und Computerspielherstellern vermutete.

»Mann!«, ging Ben dazwischen. »Das glaubt ihr doch selbst nicht! Das ist doch Humbug!«

»Ach!«, giftete Jennifer zurück. »Und weshalb ist

das Humbug? Weil deine ehrenwerten Computerspielhersteller solche Sauereien nicht machen? Dreimal kurz gelacht!«

»Nein!«, widersprach Ben. »Weil unser gemeinsamer Freund Frank so etwas nicht mitmachen würde!«

Die Gruppe schwieg.

Ben hatte Recht.

Für solche Schummelei war Frank viel zu sehr Sportler.

Aber dennoch: Irgendetwas ging in diesem Spiel nicht mit rechten Dingen zu.

Der zweite Tag

Miriam erwachte wie jeden Morgen mit ihrem Lieblingsradiosender. Alle Hits, die dort gespielt wurden, besaß sie zwar auch auf gebrannten CDs oder Kassetten, aber trotzdem war es etwas anderes, morgens vom Radio statt von der eigenen HiFi-Anlage geweckt zu werden. Bei Livesendungen fühlte sie sich mehr als Teil des wirklichen Lebens, obwohl sie es nicht mochte, wenn zu viel während der Sendung geredet wurde. Besonders blöd fand Miriam Gewinnspiele am frühen Morgen. Sie verstand nicht, wie manche Menschen schon kurz nach dem Aufstehen so blendende Laune haben konnten und mit Begeisterung blödsinnige Fragen beantworteten, um fünfzig Euro zu gewinnen. Nicht dass sie etwas gegen fünfzig Euro gehabt hätte, aber dafür sich schon in aller Herrgottsfrühe die Finger wund zu wählen? Fast genauso blöd wie Quizsendungen am Morgen fand Miriam Nachrichten. Erstens verstand sie ohnehin nur die Hälfte und zweitens waren die immer so entsetzlich langweilig.

An diesem Morgen allerdings horchte sie auf. Sie stand schon beinahe unter der Dusche, als sie die Meldung aus Neustadt hörte. Die ganze Geiselnahme in der Galerie war nichts als eine groß angelegte Übung gewesen, hatte die Polizei auf einer Pressekonferenz erläutert.

Um die Wirkung dieses Übungseinsatzes zu verdeutlichen, hatte auch der vermeintliche »Geiselnehmer« ausgesagt, wie er überwältigt worden war. Angeblich war ihm plötzlich schlecht geworden. Er hätte sich sehr schlapp gefühlt, sein Kreislauf war rapide abgesunken. Ihm war schwarz vor Augen geworden, und als er erwachte, war die Polizei schon da gewesen. Ohne den Schwächeanfall, so der »Geiselnehmer«, hätte die Polizei ihn sicher nicht so leicht geschnappt. Über die Ursachen des Schwächeanfalls machte der »Geiselnehmer« keine Angaben. Er deutete lediglich an, dass die Polizei eine neue Technik testete, die in Kürze der Öffentlichkeit vorgestellt werden könne. Auffällig war, dass der Geiselnehmer nach eigener Aussage zuvor niemals an Kreislaufschwäche gelitten hatte. Der Rundfunksender interviewte zu diesem Thema noch einen Psychologen, der behauptete, in solchen extremen Stresssituationen könnte der Körper schon einmal ungewöhnlich reagieren, was während einer Übung aber schon selten war. Dann führte er noch einige Dinge aus, die Miriam nicht mehr verstand. Sie drehte die Dusche auf und dachte während des Haarewaschens an Frank.

Etwa zur gleichen Zeit stand auch Frank unter der Dusche. Er fühlte sich gut. Als er das Hotelzimmer am Vortag erreicht hatte, war er sofort eingeschlafen. Er wusste nicht einmal mehr, wann und wohin Sarah gegangen war. Verwundert stellte er fest, dass er sie vermisste. Sogar mehr als seine Freunde, die seine Bemühungen daheim am Monitor verfolgten. Er hatte den

Rest des gestrigen Tages und die ganze Nacht geschlafen. Nicht einmal die Fernsehsendung über ihn und die anderen Kandidaten am Abend hatte er verfolgen können. Ob Sarah sie gesehen hatte? Wie weit die anderen Kandidaten wohl waren?

Er sah auf seine Uhr. Noch zwanzig Minuten, bis der Spielbetreuer ihn abholen und wieder an einem unbekannten Ort absetzen würde. Genügend Zeit, sich noch schnell über den Stand der anderen Kandidaten zu informieren. Den ersten Tag hatte er zwar zur Hälfte verschlafen, aber immerhin war er noch nicht von den Trappern erwischt worden. Tropfend und halb nackt kehrte er vom Bad zurück ins Zimmer. Während er mit seiner Linken die Haare abtrocknete, startete er mit der Rechten den Laptop, den ihm der Fernsehsender zur Verfügung gestellt hatte, damit er sich über den Stand der anderen neun Kandidaten informieren konnte. Zu seiner Überraschung waren bereits zwei seiner Konkurrenten von den Trappern gefasst worden. Es waren also nur noch acht Kandidaten im Spiel. Ihm war der gestrige Tag sehr leicht vorgekommen. Hätte er nicht den Schwächeanfall erlitten, wäre er sicher schon ein oder zwei Aufgaben weiter gewesen.

Er ließ den Laptop noch an, suchte sich Wäsche aus dem Schrank, zog sie an, da klopfte schon der Spielbetreuer, um ihn abzuholen. Hoffentlich würde er von dem unbekannten Ort schnell zur Feuerwache finden.

Diesmal wurde er weiter hinausgefahren. Der Betreuer setzte ihn am Stadtrand aus, wünschte viel Glück und zog sich selbst zurück. Soweit es ging, würde er in Blicknähe bleiben, aber zumindest über Franks GPS-Armband immer wissen, wo Frank sich aufhielt.

Weit und breit war kein öffentliches Verkehrsmittel zu sehen. Lediglich eine einsame Landstraße führte in die Stadt hinein. Wenn die Trapper über seine Kamera die Gegend erkannten und hierher eilten, würde er geliefert sein. Keine Möglichkeit, sich zu verstecken oder zu entkommen.

»Zwei Kandidaten mussten mit dem Stadtrand beginnen. Sie wurden gestern beide erwischt!«, hatte der Spielbetreuer ihn während der Fahrt noch gewarnt. Franks Vermutung hatte also gestimmt: Gestern hatte er wohl seinen leichtesten Tag gehabt.

Miriam erzählte den anderen in der Schule von den Morgennachrichten. »Habt ihr das gehört? Das Geiseldrama in Neustadt war nur eine Polizeiübung! Die haben eine neue Waffe oder so ausprobiert. Jedenfalls soll es dem angeblichen Geiselgangster genauso ergangen sein wie Frank gestern! Seltsam, oder?«

»Genauso wie Frank?«, wunderte sich Ben.

Miriam nickte eifrig. »Dem soll schlecht geworden sein, als die Einsatzgruppe stürmte. Okay, es war nur eine Übung. Trotzdem komisch! Die Reporter meinten, irgendetwas ginge da nicht mit rechten Dingen zu!«

»Wie bei unserem Spiel. Hier ist auch irgendwas faul. Das sagt mir mein Gefühl!«, sagte Jennifer. »Ich würde gern mal hinter die Kulissen schauen.«

Kathrin lachte auf. »Das würden im Moment sicher

Millionen Zuschauer gerne tun. Da müsste man schon eingeladen werden.«

Jennifer stutzte. Sie ging alle Bekannten, Verwandten und Freunde im Geiste durch. War nicht irgendeiner dabei, über den man Zugang zum Fernsehsender bekommen konnte?

Mit einem Mal sprang sie auf. »Ich hab's!«

»Prima!«, freute sich ihr Mathelehrer Herr Schulz. »Ich hatte zwar noch gar keine Aufgabe gestellt, aber wenn du so gern zur Tafel kommen möchtest, Jennifer, dann bitte!«

Jennifer stöhnte leise. Vor Aufregung hatte sie ganz vergessen, dass sie noch in der Schule saß. Widerwillig erhob sie sich jetzt vom Platz und schlurfte langsam nach vorn zur Tafel. Mit einem Blick auf Ben vergewisserte sie sich, ob sie sich auf seine Hilfe verlassen könnte. Mathe war eines ihrer Horrorfächer. Ohne Ben war sie aufgeschmissen. Ben nickte ihr aufmunternd zu.

Kolja stützte den Kopf in die Hände. Einerseits war er froh, dass er nicht drangekommen war, andererseits hätte er gern gewusst, welche Idee Jennifer gerade gehabt hatte. Achmed tat so, als gehöre er überhaupt nicht in diese Klasse. Das war immer noch die beste Methode, nicht aufgerufen zu werden.

Thomas starrte zur Decke und entdeckte auf der Neonlampe einen alten Papiersegler, der dort vor Urzeiten mal gelandet sein musste. Er nahm sich vor, ihn sich nach dem Unterricht zu holen. Miriam nickte Jennifer aufmunternd zu. Mit wachen Augen verfolgte sie jeden

Schritt des Lehrers. Bei dem geringsten Anzeichen einer Falle für Jennifer würde sie einschreiten.

»Zeichne uns doch mal ein Sechseck, bei dem alle Innenwinkel gleich groß sind. Wie groß ist jeder Innenwinkel? Begründe dies!«, bat Herr Schulz.

Jennifer glotzte den Lehrer an. Am liebsten hätte sie sich jetzt in den letzten Winkel verzogen, egal, ob Innen- oder Außenwinkel. »Haben wir das schon mal gehabt?«, fragte sie.

Herr Schulz nickte erst und schüttelte dann sein Haupt. »Daran wirst du dich ja wohl erinnern!«

Miriam sah die Zeit gekommen, einschreiten und Jennifer erlösen zu müssen.

»Also, ich kenne nur spitze Winkel, aber die sind ja nicht jugendfrei!«, brüllte sie durch die Klasse.

Die Klasse lachte.

Herr Schulz wandte sich zu Miriam um: »Aber spitze Winkel sind gar nichts für *stumpf*sinnige Mädchen, Miriam!«

Die Klasse tobte erneut. Zwischen Miriam und dem Lehrer stand es 1:1.

Jennifer hatte trotzdem keine Idee, wie sie so ein Sechseck zeichnen sollte. Wie auch? Ihr Kopf war noch voll von der Idee, sich Zugang zum Fernsehsender zu verschaffen.

Hinter ihr schnipste Ben mit den Fingern. Herr Schulz erlöste Jennifer, schickte sie auf ihren Platz zurück und nahm Ben dran, der sogleich das geforderte Sechseck zeichnete.

»Blöder Winkeladvokat!«, schimpfte Jennifer leise.

Miriam winkte ab. »Vergiss es. Erzähl von deiner Idee!«

»Achmeds Mutter!«, lautete Jennifers Antwort.

Achmeds Mutter arbeitete als Reinmachefrau. Das wussten alle in der Klasse. Was sie nicht wussten, war, wo sie sauber machte. Soweit Jennifer es mitbekommen hatte, waren es keine Privathäuser, sondern große Firmen.

Schon mehr als zehn Jahre machte Achmeds Mutter diesen Job. Und zwar so gut und mit so viel Geschick, dass sie vor einiger Zeit eine eigene Firma gegründet hatte. Mittlerweile hatte sie zehn Angestellte. In den Ferien half Achmed manchmal mit aus und putzte in Hochhäusern die Fenster.

»Na, das wäre nun aber mehr als ein glücklicher Zufall, wenn Achmeds Mutter nun ausgerechnet in dem Fernsehsender sauber machen würde.« Miriam hatte sofort begriffen, worauf Jennifer hinauswollte. »Außerdem ist der Sitz des Fernsehsenders nicht mal hier bei uns!«

So viel wusste Jennifer auch. Aber der Fernsehsender hatte in jeder am Spiel beteiligten Stadt ein kleines Studio gemietet, um vor Ort zu sein. Ganz sicher wurden auch diese Studios von irgendjemandem gesäubert. Und wenn nicht von Achmeds Mutter – das hätte Achmed bestimmt längst erzählt –, dann vielleicht von jemandem, den sie kannte. Es war doch immer so, glaubte Jennifer: Die Buchhändler in der Stadt kannten sich untereinander, die Fleischer, die Taxifahrer ... Warum nicht auch die Reinigungskräfte?

»Okay!« Miriam war von Jennifers Plan überzeugt. »Das ist Achmeds Aufgabe. Der kann auch mal was Sinnvolles tun, statt immer nur dumme Sprüche abzusondern.«

Leider zog die Mathestunde sich wieder einmal elend lang hin. Es dauerte ewig, bis das Läuten die Mädchen erlöste und sie Achmed endlich von ihrem Plan unterrichten konnten.

Während seine Freunde sich in der Schule mit Mathematik, Geografie und schließlich noch Chemie plagten, schlich Frank um die Häuser von Neustadt. Je erfolgreicher die Sendung wurde, desto komplizierter wurde es für ihn, sich unerkannt durch die Stadt zu bewegen. Während er am Vorabend die Sendung »Reality Game« mit der Tageszusammenfassung verschlafen hatte, hatte jeder Einwohner von Neustadt sie gesehen, so schien es ihm.

Am Stadtrand, wo er ausgesetzt worden war, hatte er sich noch ungehindert bewegen können. Doch schon der Schulbus, der ihn auf der Landstraße überholte, hätte sein Spiel beinahe beendet. Wie von Sinnen waren die Schüler in dem Bus aufgesprungen, hatten sich die Nasen an den Scheiben platt gedrückt, auf ihn gezeigt und hysterisch geschrien. Lediglich dem Busfahrer, der sich geweigert hatte, mitten auf der Straße anzuhalten, hatte Frank es zu verdanken, dass er kein Opfer der Meute geworden war. Der Bus war weitergefahren und Frank gewarnt. Von diesem Moment an hatte er sich in die Büsche geschlagen, war durchs Weizenfeld gerobbt, durch den Bach gewatet, und als die ersten Häuser kamen, hatte er sich an den Hauswänden entlanggedrückt und war durch die kleinsten Nebenstraßen wie ein Dieb in die Stadt geschlichen. Er näherte sich jetzt dem Stadtzentrum, aber an einer völlig anderen Stelle, als er gehofft hatte. Er erkannte nichts wieder. Hier war er noch nicht gewesen. Wenn er doch nur noch Sarah bei sich gehabt hätte!

Am Vortag hatte er sich noch zur Feuerwache durchfragen wollen. Doch dieses Vorhaben konnte er sofort als gescheitert erklären. Zu groß war die Gefahr, auf Leute zu stoßen, die ihm nicht den Weg wiesen, sondern ihn stattdessen an die Trapper verrieten. Die Sendung war einfach zu populär geworden, jetzt – nachdem die ersten zwei Runner ausgeschieden waren – erst recht. Gerade eben war Frank an einem kleinen Fachgeschäft für Fernsehreparaturen vorbeigekommen. Selbst bei dem liefen im Schaufenster zwei Fernsehgeräte mit der Reality-Game-Wiederholung vom Vorabend. Frank hatte einen kurzen Blick darauf geworfen, um sich grob zu orientieren, was über ihn berichtet worden war. Man hatte ihn sehen können, als die Fans mit Sarah voran auf ihn zugestürzt waren. Bei dem Burger-Restaurant hatte der Fernsehsender also eine Kamera versteckt. Klar! Dort hätte er auch eine positioniert. Wenn es irgendwo eine Ansammlung von Fans dieser Sendung gab, dann dort. Vielleicht wurde er auch jetzt gerade beobachtet? Vielleicht sogar aus diesem Schaufenster heraus! Bei diesem Gedanken lief Frank schnell weiter.

Wenn er nur gewusst hätte, wo er sich befand. Er

wechselte die Straßenseite, drehte sich einmal um sich selbst. Die Spitze eines Kirchturms blitzte zwischen zwei Häusern hindurch. Gestern war ihm dieser Turm auch aufgefallen. Nun konnte er ungefähr abschätzen, auf welcher Seite des Zentrums er war. Wie er befürchtet hatte: Er musste durchs Zentrum hindurch, genau auf die andere Seite, um zur Feuerwache zu gelangen.

Wieso hatte er sich nicht Sarahs Telefonnummer notiert? Ihm fiel ein, es hätte nichts genutzt. Er besaß nur ein Handy, welches vom Spielhersteller bereitgestellt und präpariert worden war. Er konnte mit dem Telefon lediglich die eingetragenen Supporter und für den Notfall den Spielbetreuer anrufen, falls er diesen aus den Augen verloren hatte; sonst niemanden. Wie jetzt. Er hatte den Spielbetreuer bei seinem abenteuerlichen Weg vom Stadtrand in die Stadt verloren. Trotzdem hatte Frank keinen Zweifel, dass Klaus Senninger ihn beobachtete. Denn anhand seines Chips konnte er Frank lokalisieren. Frank schaute sich nach dem Betreuer um, konnte ihn aber nirgends entdecken. Was soll's?, dachte er. Der Betreuer würde ihm jetzt auch nichts nützen. Immerhin lag kein Notfall vor. Auch wenn er noch nicht wusste, wie er den Weg durchs Zentrum unerkannt schaffen sollte.

Frank hatte an diesem Morgen sein Kapuzenshirt angezogen. Er zog die Kapuze tief in die Stirn, um von den Passanten nicht erkannt zu werden. In dieser Gegend waren nicht viele Fußgänger unterwegs. Die Autofahrer hatten keine Zeit, auf ihn zu achten. In der

Innenstadt würde das anders aussehen. Ihm musste etwas einfallen, wie er unbemerkt auf die andere Seite gelangen konnte.

Plötzlich sah er vor einer Kebabbude, vielleicht hundert Meter von ihm entfernt, einen Polizeiwagen parken. Die beiden Beamten stiegen aus und betraten die Kebabbude. Ob die Polizeistation auch auf der anderen Seite des Zentrums lag?, fragte er sich. Natürlich wusste er es nicht, aber weshalb sollte er es nicht einfach mal ausprobieren?

Frank lief los. Etwa zehn Meter vor der Bude blieb er stehen, sah sich um. Hatte ihn jemand beobachtet? Wurde er verfolgt? Die Luft schien rein zu sein. Er ging weiter an die Bude heran, linste durchs Schaufenster. Die beiden Beamten standen am Glastresen und suchten sich etwas aus.

Frank entschloss sich, es zu wagen.

Er schlich um den Polizeiwagen herum, prüfte, ob der Kofferraum verschlossen war. Er war offen. Einen Polizeiwagen musste man nicht abschließen. Wer bestahl schon die Polizei? Ein letzter Blick hinüber durchs Schaufenster. Die Beamten bezahlten. Frank durfte keine Zeit mehr verlieren. Mit einem Ruck öffnete er den Kofferraum, sprang hinein und zog die Klappe hinter sich zu. Er ließ den Kofferraumdeckel aber nicht einrasten, sondern hielt ihn fest. Wenn die Kofferraumklappe einrastete, würde er sich von innen nicht mehr befreien können. Zum Glück hatte er die Schnur aus Thomas' Survivalpack dabei. Er wickelte sie um das Schloss des Kofferraums und behielt das andere Ende in der Hand. So konnte er die Klappe festhalten, ohne dass sie zuschlug. Jetzt musste er nur noch auf die Beamten warten. Wenn er Glück hatte, fuhren sie zurück zur Wache, die sich hoffentlich in der Nähe der Feuerwache befand. »Den Tapferen hilft das Glück«, sagte er sich und wartete.

Leider musste er feststellen, dass er entweder nicht tapfer war oder der Spruch nichts taugte. Von Glück jedenfalls konnte keine Rede sein.

Kaum hatte Frank sich in eine halbwegs bequeme Lage gelegt, piepte das Funkgerät in dem Polizeiwagen so laut, dass die Beamten es sogar in der Kebabbude hörten. Einer von beiden lief hinaus, nahm den Funkspruch entgegen und rief seinem Kollegen zu: »Vergiss das Essen! Einsatz in der Müllkippe. Ein Besoffener!«

»Na und?«, rief der andere zurück. »Der kann warten, bis ich aufgegessen habe.«

»Verletzt!«, ergänzte der andere.

»Dann soll ein Krankenwagen hinfahren!« Der Kollege biss herzhaft in seinen Döner.

»Ein Kind hat angerufen. Wir sollen das erst checken. Sofort und schnell!«, erklärte der erste.

»Verflucht!«, schimpfte der andere, schnappte seinen Döner und lief zum Wagen. »Wie kommt denn ein verletzter Besoffener auf die Müllkippe?«

»Keine Ahnung. Deshalb sollen wir das ja prüfen. Vielleicht ist er im Müllcontainer eingepennt und wurde dann vom Müllwagen abgeholt und mit dem Müll entsorgt«, reimte sich der andere auf die Schnelle zusammen. »Dann kann er von Glück sagen, dass er nicht in der Müllpresse gelandet ist.«

Die Türen knallten zu, das Martinshorn heulte und schon sauste der Polizeiwagen mit quietschenden Reifen davon.

»Nicht zu fassen, wo die Leute sich so verstecken!«, hörte Frank den einen Polizisten noch sagen, bevor er im Kofferraum umherpurzelte, die Schnur aus der Hand verlor und der Kofferraumdeckel über ihm zuschlug.

Seltsame Begegnung

Schon oft hatte Frank sich gewünscht, in einem Polizeiwagen mitzufahren, der gerade mit Blaulicht durch die Stadt raste. Allerdings hatte er sich diese Fahrt als willkommener Gast auf dem Beifahrersitz vorgestellt und nicht als blinder Passagier, eingesperrt im Kofferraum. Der Wagen fegte in wilder Fahrt durch die Stadt wie in einem Actionfilm. Frank purzelte durch den finsteren Kofferraum, schlug sich mehrfach den Kopf an Deckel und Wänden. Er spürte jede Unebenheit der Straße schmerzhaft in seinem Rücken.

Er hielt sich schützend die Hände über den Kopf und fluchte. Was für eine idiotische Idee, sich im Kofferraum eines Polizeiwagens zu verstecken! Glücklicherweise war Neustadt nicht allzu groß. Dennoch kam es Frank wie eine Ewigkeit vor, bis der Wagen endlich bremste und langsamer fuhr. Die Fahrt wurde allerdings nicht die Spur angenehmer. Offenbar hatten sie jetzt die Müllkippe erreicht. Der Wagen schaukelte wie ein Schiff im Sturm. Mehrfach krachte und knallte es am Unterboden, als der Wagen tiefe Schlaglöcher zu passieren hatte. Jedes Schlagloch war wie ein Tritt in den Rücken. Frank jaulte auf und hielt sich schnell die Hand vor den Mund. Einerseits wollte er nicht von den Polizisten entdeckt werden. Aber andererseits: Wie sollte er sonst aus dem Kofferraum herauskommen?

Der Wagen kam zum Stehen. Frank hörte das Klappen der Türen, als die Polizisten ausstiegen. Frank wartete ab. Zum Glück besaß seine Uhr eine Zifferblattbeleuchtung. Er nahm sich vor, eine Minute zu warten, ehe er versuchte, sich selbst aus dem Kofferraum zu befreien. Die Beleuchtung der Uhr war das einzige Licht, das er zur Verfügung hatte. Es war extrem schwach. Aber in völliger Dunkelheit wirkte es von Sekunde zu Sekunde heller. Jennifer hatte einmal von ihren Eltern als Strafe ein Wochenende Leseverbot aufgebrummt bekommen. Sie hatte diese Strafe damals damit unterlaufen, dass sie nachts unter der Bettdecke mithilfe ihrer Armbanduhrbeleuchtung ein von Miriam eingeschmuggeltes Buch gelesen hatte.

Frank fuhr mit seinem linken Arm, um die er die Uhr gebunden hatte, den Kofferraum entlang. Er begann am Schloss. In schwachen Konturen erkannte er den Schnappmechanismus. Es war aussichtslos zu versuchen, ihn von innen aufzumachen.

Er suchte den Boden des Kofferraums ab. Zwei Warndreiecke reflektierten das schwache Uhrenlicht. Daneben lag eine Signallampe, die man bei Autounfällen auf die Straße stellen konnte.

Immerhin etwas. Frank knipste sie an. Orangerotes Licht blinkte ihm so grell ins Gesicht, dass er schnell die Augen schloss und seine Hand schützend vors Gesicht hielt. Er suchte nach dem Schalter an der Lampe, schob ihn in die andere Richtung. Das blinkende Licht erlosch. Eine weißer Taschenlampenspot leuchtete auf.

Endlich!

Jetzt konnte Frank systematisch alles absuchen. Eine Möglichkeit, den Kofferraum von innen zu öffnen, fand er allerdings nicht.

»Mist!«, fluchte er. Vor Wut trat er gegen die Autowand.

Plötzlich klopfte es von außen. Frank verhielt sich still. Es klopfte erneut.

Die Polizisten hatten ihn entdeckt! Verflixt. Aber vielleicht war das gar nicht so schlecht? Zwar würde er höchstwahrscheinlich Ärger bekommen, aber das war allemal besser, als hier im Kofferraum zu versauern und jede Menge Zeit zu verlieren.

»Hallo!«, rief er deshalb und klopfte von innen gegen den Deckel. »Ich bin hier eingesperrt.«

Der Deckel wurde geöffnet. Grelles Sonnenlicht fiel in den Kofferraum. Frank zuckte geblendet zurück, blinzelte hinaus und erkannte ...

»Was machst du denn hier?«, fragte Sarah.

»Das Gleiche könnte ich dich fragen!«, gab Frank zurück. »Wo sind denn die Polizisten?«

»Das wüsste ich auch gern!«, antwortete sie. »Komm erst mal raus hier!«

Frank kletterte aus dem Kofferraum, sah sich um: rundherum nichts als riesige Müllberge.

»Die suchen hier einen verletzten Besoffenen!«, erklärte Frank.

»Ich weiß!«, antwortete Sarah. »Ich habe sie ja gerufen!«

»Du?« Frank wusste nun überhaupt nicht mehr, was los war.

»Wo sind die denn hingelaufen?« Sarah reckte sich auf Zehenspitzen, als ob sie so über die Müllberge hinwegsehen könnte. »Zu blöd! Komm mit!«

Sie zog Frank am Ärmel mit sich. Ratlos stolperte er hinter ihr her. Immer wieder sah er sich um, doch von den Polizisten fehlte jede Spur.

Als sie einen der Müllberge zur Hälfte erklommen hatte, blieb Sarah stehen und schaute noch mal in alle Richtungen. Endlich entdeckte sie zwei schwarze Punkte auf dem gegenüberliegenden Berg.

»Sieh dir das an!«, schimpfte sie. »Die sind tatsächlich dort hinten zum Südberg marschiert. Dabei habe ich eindeutig gesagt, ich bin am Nordberg. Die Bullen wissen anscheinend nicht, wo Süden und Norden ist!«

Sie zeigte hinauf auf den Sonnenball, der am wolkenlosen Himmel strahlte. »Wie kann man Richtung Sonne laufen und dort den Norden vermuten?« Sie schüttelte den Kopf, sprang plötzlich auf und ab und wedelte eifrig mit den Händen. »Los, mach mit!«, forderte sie Frank auf. »Haaaaalllloooooo! Hierheeeeeer!«

»Wieso?«, fragte Frank. »Was ist denn los? Weshalb sollen die hierher kommen?«

»Wegen dem da!«, antwortete Sarah. Sie zeigte Frank die Richtung mit dem Daumen an.

Frank schaute in Richtung des Daumens und wäre vor Schreck beinahe den Nordberg hinabgekullert. Nur wenige Meter von ihm entfernt lag ein blutender Mann im Schmutz. »Wer ist das denn?«, entfuhr es ihm.

»Keine Ahnung!«, lautete Sarahs Antwort. »Ich habe ihn nur hier gefunden.«

»Du hast ... « Frank brach ab. Er musste zunächst einmal seine Gedanken sammeln, ehe er seine Frage ordentlich formulieren konnte. Wieso fand Sarah jemanden auf einer Müllkippe? Was hatte sie auf dieser Müllkippe zu suchen?

Die Polizisten hatten die Kinder zwischenzeitlich entdeckt und machten sich nun auf den Weg zu ihnen. Einer der beiden stürzte beinahe. Sein Kollege konnte ihn gerade noch halten.

Sarah grinste. »Dies hier ist ein ähnlich guter Ort für ungestörte Rendezvous wie die Kanalisation«, erläuterte sie mit einer Selbstverständlichkeit, als ob sie von einem gemütlichen Hotelzimmer spräche. »Dort hinten!«

Sie zeigte mit ausgestrecktem Arm, was sie meinte: einen alten, zerbeulten Wohnwagen.

»Sehr romantisch!«, kommentierte Frank mit gerümpfter Nase.

»Find ich auch!«, stimmte Sarah zu. Die Ironie in Franks Worten hatte sie geflissentlich überhört.

Frank konnte es nicht glauben. An wen war er hier geraten? Sarah war ja noch zehnmal schlimmer als Miriam! Sie schleppte Jungs in die Kanalisation oder auf Müllkippen, um mit ihnen herumzuknutschen.

»Und mit wem wolltest du dich hier treffen?«, wagte Frank zu fragen. »Etwa mit dem da?« Wer immer dort lag und blutete: Er war ein erwachsener Mann!

»Quatsch! Mit dir!«, schoss es aus Sarah heraus.
»Was?«
»Mit dir wollte ich mich heute Abend hier treffen. Ist

doch geiler als dein ödes Hotelzimmer, oder? Ich wollte schauen, ob es den Wohnwagen noch gibt. Und dann bist du aus heiterem Himmel aus dem Kofferraum eines Bullenwagens gesprungen. Respekt! Starker Auftritt!«

»Spinnst du?«, fragte Frank.

Sarah war ehrlich verblüfft. »Wieso?«

Frank öffnete den Mund, zeigte auf den Wohnwagen, schloss den Mund wieder. Ihm schossen so viele Fragen durch den Kopf, dass er gar nicht wusste, wo er anfangen sollte. Er senkte den Arm und machte einen neuen Anlauf. »Und der da?«

»Der lag hier und blutete wie ein Schwein, als ich hier vorbeikam. Da habe ich mit dem Handy die Bullen gerufen. Und die kamen nicht nur prompt, sondern brachten dich gleich mit. Ich glaube, ich muss meine schlechte Meinung über Polizisten korrigieren. Das nenne ich Kundenservice!«

»Du spinnst!« Frank hatte nun keine Zweifel mehr.

Die Polizisten hatten Sarah und Frank endlich erreicht. Keuchend blieben sie stehen. »Habt ihr die Polizei gerufen?«, fragte der eine.

»Ich!«, meldete sich Sarah.

»Wir dachten ... «, hechelte der Polizist, brach ab und zeigte hinüber auf den Südberg.

»Nordberg!«, fiel Sarah ihm ins Wort. »Dort ist die Sonne, also ist hier Norden!«

»Ach!«, machte der andere Polizist. Man wusste nicht genau, ob es eine Antwort war oder er nur tief Luft geholt hatte. »Und ... ?«

»Dort!« Sarah zeigte auf den Verletzten.

Der erste Polizist kniete sich neben ihn, hob ihm den Kopf und wies seinen Kollegen an, einen Krankenwagen zu rufen.

»Das haben Sie noch nicht getan?«, wunderte sich Sarah.

»Wenn Kinder anrufen, wird immer erst mal geprüft!«, antwortete der Polizist.

»Doch Bullen!«, zischte Sarah leise vor sich hin.

»Wie bitte?«, fragte der zweite nach.

»Nichts!«, sagte Sarah schnell.

Der Polizist blickte sie böse an, rief dann einen Krankenwagen.

Inzwischen hatte Frank Gelegenheit, sich das Gesicht des Verletzten genauer anzusehen. Als er es erkannte, blieb ihm beinahe das Herz stehen. Der Verletzte war niemand anderer als Klaus Senninger, sein Spielbetreuer!

Der Fernsehsender

Jennifers Idee erwies sich als goldrichtig: Achmeds Mutter kannte tatsächlich einige der Reinigungskräfte, die im Fernsehsender arbeiteten. Es kam sogar noch besser, als die Mädchen es sich vorgestellt hatten: Das Studio wurde nachts gereinigt, um die Arbeit der Redakteure nicht zu stören. Ideale Voraussetzungen also, um sich in Ruhe im Sender umzuschauen, fand Jennifer. Aber es wäre auch niemand da, den man bei der Arbeit beobachten oder etwas fragen konnte, wandte Miriam ein. Ob der Vor- oder Nachteil überwiegen würde, ließ sich nur feststellen, indem man es ausprobierte.

Eine Dreiviertelstunde hatten Miriam und Achmed benötigt, um die Leute dazu zu bringen, sie mitzunehmen. Miriam hatte etwas von einem Praktikum in der Schule geschwindelt und Achmed vom Interesse an der Arbeit der Eltern gefaselt. Miriam, Jennifer und Achmed durften also in der kommenden Nachtschicht die Putzkolonne begleiten.

Jetzt saßen sie im Internetcafé zusammen, das in letzter Zeit zu ihrem Treffpunkt geworden war. Miriam bestellte eine Runde Cola, während Ben sich auf die Reality-Game-Seite einloggte.

»Was wollt ihr eigentlich da?«, fragte Kolja, der bei der Nachtaktion natürlich auch gerne mitgemacht hätte. Er nahm die Cola von Miriam entgegen, fischte die

Zitronenscheibe heraus und warf sie in einen leeren Aschenbecher.

»Wir wissen es ehrlich gesagt noch nicht so genau. Aber an dem ganzen Spiel stimmt etwas nicht«, antwortete Jennifer. »Franks Krankheit, der ausgerastete Runner in unserer Stadt und dann dieser Geiselgangster, der plötzlich die gleiche Krankheit hat wie Frank. Vielleicht bekommen wir einen Hinweis?«

»Wenn das Fernsehen etwas wüsste, würden die das melden. Die tun doch alles für die Quote!«, war Thomas überzeugt. Er fingerte Koljas Zitronenscheibe aus dem Aschenbecher und tunkte sie in seine Cola. Eine doppelte Portion Zitrone gratis ließ er sich nicht entgehen.

Thomas mochte Recht haben. Dennoch wollten Achmed und die Mädchen es versuchen.

»Was macht er denn nun schon wieder?« Ben empfing das Bild von Franks Kamera auf seinem Monitor und erkannte, wo Frank sich gerade befand.

Die anderen schauten ihm über die Schulter und konnten es ebenfalls nicht glauben. »Der sollte doch zur Feuerwache gehen!«, rief Miriam. Stattdessen sahen sie durch Franks Cam eine Müllkippe. Was hatte Frank auf einer Müllkippe zu suchen?

Thomas entfaltete sofort seinen alten Stadtplan von Neustadt, auf dem sie die Feuerwache eingezeichnet hatten. Sie lag am anderen Ende der Stadt.

»Ich sende ihm gleich mal eine SMS!«, entschied Ben.

Frank antwortete schnell und erklärte in Stichworten,

was er erlebt hatte. Das Entscheidende war: Franks Spielbetreuer war betrunken und verletzt auf einer Müllkippe gefunden worden. Was hatte das zu bedeuten?

»Wieso brechen die das Spiel nicht ab?«, wunderte sich Jennifer.

»Zumindest müssten sie einen Ersatz für den Spielbetreuer bereitstellen!«, fand Ben.

Er behielt Franks Webcam-Bild auf dem Monitor, öffnete aber zusätzlich die Seite der Reality-Game-Nachrichten. Er fand keinen Hinweis auf Franks Entdeckung. Vielleicht wussten die Spielbetreiber noch nichts von dem Zwischenfall? Ben schrieb eine Nachricht an die Spielregie. Er war gespannt auf die Antwort.

»Ich dachte, die stehen in ständigem Kontakt?«, fragte sich Jennifer laut. »Da kann doch ein Spielbetreuer nicht einfach ausfallen, ohne dass es jemand mitbekommt!«

»Und vor allem: Selbst wenn er sich besäuft, ist das ja noch lange kein Grund für solche Verletzungen!«, ergänzte Kolja. »Da stimmt wirklich etwas nicht.«

Am Abend standen Jennifer, Miriam und Achmed ausgerüstet mit Gummihandschuhen, Putzlappen und Eimern im Flur des Fernsehstudios. An den Wänden hingen die Plakate von Reality Game und Porträts mit Autogrammen der zehn Endspielkandidaten. Miriam musste grinsen, als sie Frank auf dem Bild sah.

»Wo wollt ihr anfangen?«, fragte die Chefin der Kolonne Achmed, nachdem sie sich als Frau Özdemir vorgestellt hatte. Sie hatte versprochen, sich um die Kinder zu kümmern.

Achmed schaute die Mädchen an, die auch keinen Vorschlag machen konnten. Dafür kannten sie sich im Studio zu wenig aus.

»Vielleicht hilfst du beim Fensterputzen«, schlug Frau Özdemir Achmed vor. »Und die Mädchen bei den Toiletten!«

Bei den Toiletten? Jennifer und Miriam fuhren vor Schreck zusammen. So hatten sie sich ihren geheimen Einsatz nicht vorgestellt. Ehe sie reagieren konnten, fanden die beiden sich in der Herrentoilette wieder. Regungslos starrten sie auf die Reihe Pissoirs.

»Das ist nicht Ihr Ernst!«, stammelte Miriam.

Doch es war Ernst. Frau Özdemir führte den Mädchen vor, was sie zu tun hatten: Sie betätigte die Spülung eines Pissoirs, goss reichlich Reinigungsmittel hinein, schrubbte das Becken zunächst mit einer Bürste, spülte, versprühte eine zweite Portion Reinigungsmittel und putzte nun mit einem Lappen bis in den letzten Winkel der Ränder.

»Das mache ich nicht!«, flüsterte Miriam Jennifer zu. »Ich wisch hier doch nicht die Männerpisse weg!«

Frau Özdemir rieb das Becken jetzt trocken. Es blitzte, als wäre es noch nie benutzt worden.

»Jetzt ihr!«, lachte sie die Mädchen an und machte eine einladende Bewegung zum zweiten Becken, das den Mädchen erheblich schmutziger vorkam als das erste. Miriam war sich sicher, dass am Tag hundert Männer versucht hatten, die Mitte des Beckens zu treffen, ohne dass es auch nur einem einzigen gelungen wäre.

»Das mache ich nicht!«, schwor sich Miriam. »Nie und nimmer mache ich das!« Sie hatte das Gefühl, ihr würde sofort schlecht werden, sobald sie sich auch nur einen einzigen Schritt näherte.

Jennifer dachte an die Putzfrauen in ihrer Schule und überschlug im Kopf, wie viele Jungstoiletten es in der Schule gab. Von diesem Moment an war Jennifer überzeugt, man müsse sofort ein Gesetz verabschieden, das vorschrieb, dass Putzfrauen mindestens so viel Gehalt verdienen mussten wie der Bundespräsident. Denn dies hier war die schlimmste Arbeit, die Jennifer sich in diesem Moment vorstellen konnte. Dennoch war sie bereit, sich tapfer der Herausforderung zu stellen.

»Na, du bist ja eine tolle Geheimagentin«, raunte sie Miriam zu, machte zwei energische Schritte zum Pissoir und begann, es zu säubern.

»Sehr gut!«, lobte Frau Özdemir. »In zehn Minuten komme ich wieder und schaue, wie weit ihr seid!«

Miriam wartete, bis Frau Özdemir die Toilette verlassen hatte, ehe sie sagte: »Drei Minuten genügen, dann habe ich hier alles voll gegöbelt! Pinkeln alle Männer immer nur daneben? Ist ja widerlich!«

Achmed hatte es erheblich leichter. Zwar war das Fensterputzen auch nicht gerade ein Zuckerschlecken, doch dafür befand er sich im Redaktionsbüro. Während er die große Scheibe mit Glasreiniger einsprühte, fiel sein Blick auf eine Tabelle, die an die Wand gepinnt war.

Die Namen aller zehn Runner waren darin aufgeführt. Unter den Namen waren einige Zahlen eingetragen. Unter Franks Namen las er:

Aufg.	Pl.	Zugriffe	Q-ges,	Q-Zg.
1.	2.	51.596	16,1 %	54 %
2.	2.	57.897	17,2 %	55 %

Achmed musste dreimal hinschauen, um zu erkennen, was diese Abkürzungen bedeuteten.

Bei der ersten Aufgabe lag Frank nach den Wetten an zweiter Stelle. 51596 Zugriffe zählte die Webseite, über die man alle Informationen des Runners Frank erhalten konnte. Die Fernsehsendung Reality Game verzeichnete eine Zuschauerquote von 16,1 % in der Zeit, in der über Frank berichtet wurde, die entsprach einer Quote bei der Hauptzielgruppe der 14- bis 35-Jährigen von 54 Prozent.

Die Namen der beiden ausgeschiedenen Runner waren durchgestrichen. Sie hatten beide deutlich die schlechtesten Werte zu verzeichnen. Zufall?

»Was guckst du, ey?«, rief Iskender Achmed zu. Iskender war der Fensterputzer der Reinigungsgruppe. Er hasste Bummelei und Langsamkeit und genoss es, stets als Erster der Gruppe seine Arbeit beendet zu haben.

»Pass auf, dass du keine Spinnweben ansetzt!«

»Ich komm ja schon, ey!«, gab Achmed zurück. »Voll der Stress hier!«

Iskender schüttelte den Kopf. »Wenn du Stress willst,

musst du morgen mit mir kommen. Fensterputzen am Fernsehturm. Von außen. Da ist Bungee-Springen nix dagegen.«

»Ja, ja«, murmelte Achmed nur. Seine Gedanken hingen noch an der Tabelle. Es war bestimmt kein Zufall, dass ausgerechnet die beiden Runner mit den schlechtesten Zuschauerwerten von den Trappern erwischt worden und rausgeflogen waren. Das stand für Achmed fest. Bestimmt hatte der Sender den Trappern einen Tipp gegeben.

Ben lag schon im Bett, obwohl er nicht schlafen konnte. Aber etwas Sinnvolles hätte er auch nicht tun können. Er grübelte.

An diesem Tag war Frank in seinem Spiel nicht vorangekommen. Er und Sarah hatten mit zur Polizei fahren und eine Aussage zu Protokoll geben müssen. Als Frank die Wache verlassen hatte, war er mitten in eine Traube von Journalisten gefallen. Normalerweise hätte sein Spielbetreuer ihn davor geschützt, aber der lag verletzt im Krankenhaus. Auf Frank waren die Fragen nur so hereingeprasselt. Sarah hatte sich abgesetzt. Im Flur der Polizeiwache hatte sie sich plötzlich entschuldigt, weil sie angeblich zur Toilette musste, und ihm vorgeschlagen, ruhig schon mal vorzugehen. Zu spät hatte Frank begriffen, dass Sarah durchs Fenster der Polizeitoilette oder durch irgendeinen anderen Ausgang abgehauen sein musste. Im Gegensatz zu ihm hatte sie offenbar geahnt, was sie vor der Tür erwartete.

Abends war Frank gleich in drei Fernsehshows eingeladen worden. Freilich in die anderer Sender, für die es ein gefundenes Fressen war, Reality Game schlechtzureden. In Wahrheit ärgerten sich die anderen Sender nur, nicht selbst auf die Idee gekommen zu sein, ein Spiel mit solch einer hervorragenden Quote ins Programm zu nehmen. Ein direkter Konkurrenzsender war sogar schon dabei, ein eigenes Spiel anzukündigen. »Wahrheit oder Spiel« nannte es sich und war nichts als eine schlechte Kopie von Reality Game.

Der Fernsehsender reality live hatte noch nichts über den Ausfall und den Zustand des Spielbetreuers gesendet. Auch der Spielhersteller reality for fun schwieg sich aus. Ein Grund mehr für die anderen Sender, mit Vorwürfen, Behauptungen und schnell zusammengeschusterten Enthüllungsreportagen nicht zu sparen.

Danach war Frank erschöpft ins Hotel gewankt, hatte ins Internet geschaut und festgestellt, dass er an diesem Tag auf den vierten Platz zurückgefallen war.

Es war gegen zehn Uhr, als Frank seinen besten Freund Ben anrief. Er benutzte für das Telefonat nicht das Handy des Spielherstellers, sondern das Hoteltelefon. Am liebsten hätten die Spielorganisatoren das Telefonieren während des Spieles komplett untersagt und hätten es sicher auch getan, wenn die Runner Erwachsene gewesen wären. Aber bei Kindern und Jugendlichen durften die Organisatoren nicht so weit gehen. Die Diskussion um Reality Game war ohnehin schon heftig genug. Pädagogen- und Lehrerverbände wüteten dagegen, der Kinderschutzbund hatte Bedenken geäußert. Letztendlich waren aber nur ein paar Auflagen durchgesetzt worden, die die Spielorganisatoren zu erfüllen hatten. Eine war, dass die Runner abends nach Ablauf des Spieltages mit Freunden und Verwandten telefonieren durften. Die Runner hatten sich allerdings damit einverstanden erklären müssen, dass die Telefonate mitgeschnitten wurden, um im Zweifelsfall eine Schummelei während des Spieles nachweisen zu können.

Ben erkundigte sich nach Franks Befinden, nachdem dieser bereits zweimal Schwächeanfälle erlitten hatte. Frank fühlte sich wieder gut und fit wie eh und je. Dennoch machte auch er sich Gedanken um seine Gesundheit. Solche Attacken kannte er einfach nicht. Es war nicht das einzig Merkwürdige, das in diesem Spiel passiert war. Besonders der Zustand des Spielbetreuers machte den beiden Jungs zu schaffen. Die Organisatoren des Spiels musste die Verletzung des Spielbetreuers doch ebenso erschüttert haben. Aber gerade die schwiegen sich über den Vorfall aus.

»Zuerst dachte ich, er hätte einen ähnlichen Schwächeanfall wie du erlitten, wäre dann vielleicht gestürzt und hätte sich dabei verletzt«, erzählte Ben. »Aber was hatte er auf der Müllkippe zu suchen?«

Frank war verwundert, weshalb der Spielbetreuer einen ähnlichen Schwächeanfall erlitten haben sollte.

Ben fiel ein, dass Frank noch nichts von der »Geiselnahme« wusste. Er berichtete von den neuesten Nachrichten, dass der »Geiselnehmer« wohl einen ähnlichen Zusammenbruch gehabt hatte wie Frank und genau in jenem Moment von der Polizei überwältigt worden war.

»Was für ein Zufall!«, fand Frank.

Genau das hatte Ben auch gedacht. »Damit wärt ihr schon drei«, stellte Ben fest. »Du, der Geiselnehmer und der Spielbetreuer erkranken auf eigenartige Weise. Und da von einer Epidemie in Neustadt nichts bekannt ist, muss doch da etwas anderes im Spiel sein. Der Geiselnehmer wird gefasst, du fällst in der Spielwertung zurück und hältst das Spiel somit spannend und ... «

»... der Spielbetreuer?«

»Ich weiß nicht, ob seine Verletzung für etwas gut war. Aber vielleicht hat jemand Interesse daran, dass ... «

»Mann, du spinnst. Glaubst du an eine Verschwörung oder was?« Frank wurde es nun doch zu viel.

Ben stimmte seinem Freund zu. Es war möglich, dass die Fantasie mit ihm durchging. Aber hinzu kam auch noch das merkwürdige Verhalten des Runners aus Weiden, der in Bens Stadt aktiv war.

»Wirst du weiterspielen?«, fragte Ben. Nach dem, was vorgefallen war, fand er es nicht selbstverständlich. Und wirklich hatte Frank darüber nachgedacht, ob er das Spiel nicht abbrechen sollte. Auch seine Eltern hatten ihm dies nahe gelegt, nachdem sie von dem Unfall des Spielbetreuers gehört hatten. Mit viel Überredungskunst hatte Frank ihnen aber abtrotzen können, es wenigstens noch einen weiteren Tag zu versuchen.

»Vielleicht laufen ja wirklich einige merkwürdige Dinge im Hintergrund, aber offenbar nur am Tage. Man müsste es mal nachts versuchen: Der Fernsehsender ist nicht besetzt, wie du gesagt hast. Mein Spielbetreuer ist gerade außer Gefecht, ein neuer stellt sich erst morgen früh vor und die Trapper werden auch schlafen. Heute Nacht wäre günstig.«

»Das ist gegen die Regeln!«, erinnerte Ben.

»Stimmt!«, gab Frank zu. »Ich darf abends das Hotel nicht verlassen. Schade.«

Er beendete das Thema. Da das Gespräch mitgeschnitten wurde, war es zu gefährlich, weiter darüber zu sprechen, wie man die Regeln umgehen konnte. Das, was sie bisher besprochen hatten, war zwar eigentlich auch nicht für fremde Ohren bestimmt. Doch sowohl Frank als auch Ben gingen davon aus, dass die Telefonate nur zu nachträglichen Kontrollen aufgezeichnet, aber nicht live mitgehört wurden. Ein Trugschluss, wie sich schon bald herausstellen sollte. Ben wusste, dass die Möglichkeit, das Hotel unbemerkt zu verlassen, für Frank mehr war als ein Gedankenspiel. Leider konnte er ihn nicht fragen, welche Möglichkeiten er sah.

Frank dachte an den Keller, in dem der Fitnessbereich und die Sauna untergebracht waren. Dort hatte er einen Notausgang entdeckt. Über diesen könnte er versuchen, das Hotel unbemerkt zu verlassen, und zur Feuerwache laufen. Er war gespannt, ob er nachts an das nächste Rätsel herankam, ohne dass eigenartige Dinge passierten.

»Na, okay«, beendete Ben das Gespräch möglichst harmlos. Er nahm sich vor, Achmed, Jennifer und Miriam zu informieren, die ebenfalls nachts unterwegs waren. Leider konnte er Franks Wege nicht verfolgen, da seine Webcam nachts nicht online geschaltet war. Sie konnten bestenfalls per Handy in Verbindung bleiben, wenn Frank schlau genug war, vorher die Uhrzeit auf seinem Handy zurückzustellen, damit niemand später nachweisen konnte, dass er nachts außerhalb der Spielzeit mit seinen Supportern kommuniziert hatte.

Reaktionen

Weder in Bens Stadt noch in Neustadt, sondern an einem völlig anderen Ort hatte jemand das Gespräch zwischen Frank und Ben mitgehört. Kaum war das Gespräch der Jungs beendet, griff er zum Telefon und wählte eine Nummer, die nur wenigen Menschen bekannt war.

Das Telefon klingelte in einer luxuriös eingerichteten Villa, in der jeder Winkel mit unsichtbaren Überwachungskameras gesichert war. Der Inhaber des Hauses spürte den Anruf nur durch ein leichtes Vibrieren in seiner Hemdtasche. Er entschuldigte sich bei seinen Gästen, die sich nach einem guten Essen und viel Rotwein gerade verabschiedeten, verließ das großräumige Foyer, ging hinüber ins Arbeitszimmer, schloss die Tür hinter sich und nahm erst dann das Telefonat entgegen.

Zunächst mochte er nicht glauben, was er da hörte.

»Das sind doch Kinder!«, murrte er ins Telefon. »Die sollen einfach mitspielen und aufhören, sich wie kleine Polizisten aufzuführen!«

Sein Gesprächspartner kommentierte diese Aussage nicht, sondern bestätigte nur ein zweites Mal, dass der Kandidat Frank offenbar vorhatte, das Spiel nachts fortzusetzen, und dass dessen Freunde und Supporter gerade als Reinigungstrupp getarnt in einem der Fernsehstudios herumschnüffelten.

»Der Sender interessiert mich nicht«, entschied der

Empfänger des Telefonats. »Oder haben die etwas von uns?«

»Eigentlich nicht, außer dem Material für den Bericht über Senninger. Das Studio in Neustadt aber besitzt einen Prototyp. Der Sender soll doch unseren Bug präsentieren, wenn wir an der Börse notiert sind.«

»Okay, dann werden die Kinder also nichts finden oder nichts damit anfangen können!«, versicherte sich der Geschäftsführer des kleinen Elektronikunternehmens noch einmal.

»Eigentlich nicht!«, lautete die Antwort.

»Eigentlich?«, schrie der Geschäftsführer in die Muschel. »Was heißt hier eigentlich? Sichern Sie das ab!«

»Sofort?«

»Wann sonst?«

Das Gespräch war beendet.

Jennifer und Miriam hatten sich die Pause redlich verdient. Sie waren nicht darum herumgekommen, zunächst das Männerklo und anschließend auch noch die Frauentoilette zu säubern.

»Ätzend!«, stieß Miriam aus. »Oberätzend. Nie wieder werde ich so etwas machen.«

Jennifer nickte nur.

Frau Özdemir hatte den beiden Mädchen für die bestandene Feuertaufe je eine Cola aus dem Betriebsautomaten spendiert und wartete nun zur Belohnung mit einer erheblich angenehmeren Tätigkeit auf. Die Mädchen durften die Pflanzen in den Büros gießen.

Achmed hatte das Fensterputzen erledigt, und während sein Chef sich schon genüsslich auf den Feierabend vorbereitete, musste Achmed die Bohnermaschine für den Flur aus der Kammer holen.

Jennifer und Miriam hätten gern eine Pause gemacht. Aber sie waren gekommen, um etwas über die Hintergründe von Reality Game zu erfahren. Noch hatten sie nicht eine Sekunde dazu Gelegenheit gehabt. Also verkürzten sie ihre Pause, stürzten die Cola hinunter, füllten die Gießkannen mit Wasser und gingen endlich dorthin, wo sie schon den ganzen Abend hätten sein wollen: in die Redaktionsräume.

Frau Özdemirs Kolleginnen hatten hier bereits gesaugt, die Papierkörbe geleert und die Schreibtische abgewischt, soweit die Papierberge auf den Tischen dies zuließen. Mittlerweile waren sie in die Küche gewechselt. Miriam und Jennifer waren allein im Redaktionsbüro. Schnell sahen die beiden sich um. Wo sollten sie beginnen? Wonach suchten sie eigentlich? Sie fanden die große Tafel, von der Achmed kurz berichtet hatte und auf der die Quoten vermerkt waren. Miriam blätterte durch einige der Papierstapel. Sie fand Pressemitteilungen, handschriftliche Notizen von Interviews, private Einkaufslisten, Zeitungen und Zeitschriften, aber nichts Bemerkenswertes. Jennifer schaute sich verstohlen um, zog dann einige Schubladen der Schreibtische auf. Der Inhalt der Schubladen hatte große Ähnlichkeit mit dem Warenangebot einer Drogerie. Angebrochene Schokolade, leere Joghurtbecher, unzählige Stifte, Papier, aufgebrauchte Druckerpatronen, Nagelscheren, Lippenstifte, Tempo-Taschentücher,

Zahnpasta kamen zum Vorschein. Jennifer schüttelte den Kopf.

Miriam war inzwischen dazu übergegangen, die Beschriftungen der Videokassetten durchzusehen, die auf manchen Schreibtischen standen. Eine Kopie der Auftaktsendung, Kopien der täglichen Sendungen, einzelne Interviews und ...

Miriam stutzte.

Sie legte den Kopf noch mehr zur Seite, um besser lesen zu können, was senkrecht auf dem Etikett stand: *Kurzporträt Senninger 1'30 – Wichtig: rechtlich prüfen!*

Senninger?

Den Namen hatte Miriam schon einmal gehört. Sie fragte Jennifer.

»Senninger?« Auch Jennifer kam der Name bekannt vor. Sie unterbrach ihre Suche, überlegte und plötzlich fiel es ihr ein: »Klar! Franks Spielbetreuer! Der Verletzte!«

»Natürlich!« Miriam schlug sich vor den Kopf. »Ist der gestorben?«, fragte sie entsetzt.

Jennifer verneinte. »Nicht dass ich wüsste. So schwer verletzt ist der nun auch wieder nicht. Wie kommst du darauf?«

Miriam zeigte auf das Porträt. Meistens wurden im Fernsehen Porträts von Menschen gesendet, wenn sie gestorben waren, glaubte sie.

Jennifer betrachtete die Videokassette. Was hatte der Vermerk *Wichtig: rechtlich prüfen!* zu bedeuten?, fragte sie sich.

Sie rannte hinaus auf den Flur, vergewisserte sich, dass sie noch einen Augenblick lang allein im Redaktionsbüro sein würden. Das Porträt dauerte ja laut Etikett nur eine Minute und dreißig Sekunden. Auf fast jedem Tisch stand ein Videoabspielgerät. Jennifer lief zurück, schob die Kassette in einen Player ein, stellte den Monitor an und hoffte, dass man keine weiteren Einstellungen vornehmen musste, um den Film betrachten zu können. Es funktionierte.

Eine Minute und dreißig Sekunden später waren die beiden Mädchen sprachlos: Der Autor des Films hatte nicht mehr als diese eineinhalb Minuten benötigt, um den Spielbetreuer Klaus Senninger als einen der miesesten Menschen des Landes darzustellen! Von Trunksucht war da die Rede, labilem Charakter, Untreue und Unzuverlässigkeit. Es wurde aufgelistet, wo und für wen Senninger schon gearbeitet hatte, und offenbar war keiner seiner früheren Arbeitgeber mit ihm zufrieden gewesen.

»Wieso haben die denn so einen als Spielbetreuer eingesetzt?«, fragte sich Miriam.

Die Antwort auf diese Frage sollte der Schluss des Beitrages geben. In den letzten zwanzig Sekunden bemühten sich die Organisatoren des Spiels, den Zuschauern weiszumachen, weshalb sie von dieser ganzen Vergangenheit des Klaus Senninger nichts gewusst haben konnten.

»Das glauben die doch selbst nicht!«, lautete Jennifers Kommentar.

Es fragte sich nur: War der Spielbetreuer tatsächlich

so eine miese Type, wie der Beitrag behauptete, und die Organisatoren hatten seine Vergangenheit vertuscht? Oder hatte der Fernsehsender die Geschichten aus dem Leben des Senninger erfunden oder zumindest die wahren Geschichten stark verzerrt?

Beides ergab für die Mädchen keinen Sinn.

Plötzlich hörten sie Stimmen. Das war zunächst nichts Ungewöhnliches. Schließlich waren sie nicht allein hier, sondern mit einer Putzkolonne. Aber diese Stimmen waren neu, ihr Tonfall enthielt einen offiziellen Charakter. Diese Stimmen kamen mit Sicherheit nicht von den Kollegen der Putzkolonne.

»Da kommt jemand!«, sagte Miriam gerade, als sie auch schon Frau Özdemir hörten, die jemanden freundlich, aber förmlich begrüßte.

Und noch etwas hörten die Mädchen: Der Besuch erkundigte sich nach ihnen!

Frau Özdemir bestätigte, dass Achmed und zwei Mädchen ihr an diesem Abend behilflich waren.

»Wenn sie Achmed nicht im Foyer gesehen haben, ist er vielleicht in der Küche. Eigentlich sollte er das Foyer bohnern. Und die Mädchen begießen die Pflanzen in den Büros!« Jennifer und Miriam sahen sich nur einen kurzen Augenblick an. Dann war entschieden: Sie mussten auf der Stelle verschwinden!

Dieses Büro hatte nur zwei Ausgänge. Der eine führte direkt zum Besuch auf den Flur, der andere ins nebenan gelegene Büro des Redaktionsleiters. Dorthin flohen die Mädchen. Von hier aus führte aber auch kein weiterer Ausgang hinaus. Sie saßen in der Falle.

Der Besuch näherte sich dem Redaktionsbüro.

»Dort hinein!«, entschied Miriam.

Jennifer wich zurück. Bevor sie einen Einwand erheben konnte, hatte Miriam schon die Doppeltür des großen Wandschranks aufgerissen. Hinter der rechten Tür befand sich ein Waschbecken mit Spiegel und Handtuch, hinter der linken Kleiderbügel und Hutablage.

»Zieh den Bauch ein, dann passen wir beide hinein«, flüsterte Miriam Jennifer zu.

»Ich bin schlanker als du!«, stellte Jennifer klar, zog den Bauch dennoch ein, zwängte sich neben Miriam in den Schrank und sie schlossen die Türen von innen.

In der Dunkelheit harrten sie aus.

Miriam fiel ein, dass sie die Tür des Redaktionsleiterbüros nicht hinter sich geschlossen hatte, und verfluchte sich dafür. Sogleich hörte sie auch schon Schritte und Stimmen. *Zwei Männer!*, glaubte sie herauszuhören.

Sie verrenkte sich den Hals, um durch den millimeterschmalen Spalt zwischen den beiden Schranktüren etwas erkennen zu können. Es war aussichtslos.

»Hier sind sie nicht!«, hörte sie einen der Männer sagen.

Jennifer kribbelte es in der Nase. *Das darf doch nicht wahr sein!*, dachte sie. Jedes Mal, wenn in einem Film jemandem in einer solchen Situation die Nase kribbelte, hatte sie sich geärgert, weil solche Zufälle ja wohl niemals in der Realität vorkamen. Und jetzt kribbelte ihr selbst die Nase! Aber anders als die Blödmänner in den Filmen nieste sie nicht, sondern hielt sich die Nase zu und verhinderte damit den Nieser.

»Und die Kassette?«, fragte die andere Männerstimme.

»Die wird der hier ja wohl nicht offen herumliegen haben!«, mutmaßte der erste.

»Stimmt! So blöd sind nicht mal die vom Fernsehen!«

Die Schritte und Stimmen entfernten sich.

»Hier sind sie nicht!«, hörten die Mädchen einen der Männer rufen und Frau Özdemirs verblüffte Antwort, dass sie sich das nicht erklären könnte. »Dort stehen ja noch die Gießkannen! Also eben waren die bestimmt noch hier!«

Jennifer biss sich auf die Lippe. Frau Özdemir schwätzte für ihren Geschmack ein bisschen zu viel.

»Und der Junge?«, fragte der Mann.

Schweigen.

Vermutlich hatte Frau Özdemir nur die Schultern hochgezogen.

»Weit können die ja nicht sein. Am besten, wir suchen alles ab!«

»Wer sind Sie überhaupt und was wollen Sie? Was haben die Kinder Ihnen denn getan?«

Endlich stellte Frau Özdemir mal die richtigen Fragen, fand Jennifer.

Im nächsten Moment blieb ihr das Herz stehen.

Miriam öffnete eine der Schranktüren ein klein wenig.

»Bist du bescheuert?«, flüsterte Jennifer. »Mach die Tür zu. Los!«

Miriam tat das Gegenteil. Sie öffnete die Tür noch mehr und schob ihre Nase durch den Spalt.

»Sie sind weg!«, entwarnte sie.

Jennifer traute dem Braten nicht so recht. Sie versuchte, Miriam noch zurückzuhalten. Die aber hatte bereits den ersten Schritt aus dem Schrank gemacht und schlich zur Ausgangstür des Büros. Der Nebenraum war ebenfalls leer. Miriam kehrte zurück. »Also los!«

»Also was?« Jennifer verstand nicht.

»Die suchen 'ne Kassette, oder?«

»Du meinst die über Klaus Senninger?« Jennifer hielt sie noch immer in ihren Händen. In der Eile hatte sie vergessen, sie zurückzulegen.

»Quatsch!«, fuhr Miriam sie an. Jennifer war berühmt für ihre Geistesblitze, aber manchmal hatte auch sie ein Brett vor dem Kopf, fand Miriam. »Mann, das ist eine Sendekassette, die du da hast. Die werden kaum nachts eine Suchaktion nach einer Kassette starten, die sie am nächsten Tag ohnehin Millionen Zuschauern zeigen wollen.«

Das leuchtete ein. Jennifer nickte. »Und was für eine Kassette haben die dann gemeint?«

Miriam hob die Augenbrauen, ließ die Mundwinkel sinken und zuckte mit den Schultern. »Eine, die wohl hier verschlossen ist. Haben die doch gesagt!«

Während Jennifer noch immer ratlos im Raum stand, rüttelte Miriam schon an einer Schreibtischschublade.

»Verschlossen!«, stellte Jennifer fest.

»Das hätte ich ohne dich gar nicht bemerkt«, raunzte Miriam. Sie griff sich den Brieföffner vom Schreibtisch, schob ihn in die Ritze zwischen Schloss und Schreibtisch und begann zu hebeln. Das Holz knirschte. Ein Splitter brach aus dem Schreibtisch heraus.

»Bist du von allen guten Geistern verlassen?«, schimpfte Jennifer. »Du kannst doch nicht einfach einen fremden Schreibtisch aufbrechen!«

»Was denn sonst für einen, wenn nicht einen fremden? Den eigenen Schreibtisch aufzubrechen wäre ja nun wirklich oberbehämmert!«

Jennifer verzog den Mund. Es war nicht die Zeit für dumme Sprüche. Sie lief auf Miriam zu und wollte sie vom Schreibtisch fortreißen.

Miriam stieß sie fort. »Hier läuft 'ne Sauerei, das schwöre ich dir. Und ... «

»... wenn jemand kommt?«

»Die Männer haben doch laut und deutlich gesagt, dass wir nicht hier sind. Das glauben nun alle. Ich denke, wir haben gut zehn Minuten Zeit.«

»Mann, du spinnst!« Jennifer ließ Miriam machen, aber sie trippelte nervös von einem Bein aufs andere. »Du willst später selbst zur Polizei und betätigst dich hier als Einbrecherin.«

»Die Fernsehkommissare machen so etwas am laufenden Band.«

»Ey, wach auf! Du bist hier nicht im Fernsehen!«, erinnerte Jennifer.

»Doch, das bin ich«, widersprach Miriam. »Dies hier ist 'ne Fernsehredaktion. Selbst schuld, wenn die immer zeigen, wie man Schreibtische aufbricht!«

»Du weißt genau, was ich meine«, wies Jennifer ihre Freundin ärgerlich zurecht. »Wenn die den Schreibtisch morgen entdecken, bekommt Frau Özdemir höllischen Ärger!«

Jennifers Einwand kam zu spät. Knirschend sprang die Schublade auf!

»Bingo!«, sagte Miriam.

»Scheiße!«, bibberte Jennifer.

Miriam durchwühlte die Schublade.

Jennifer blätterte den Kalender durch, der auf dem Tisch lag. Es fiel ihr schwer, die Schrift zu lesen, doch manches konnte sie entziffern. Allerdings war das meiste in unverständlichen Kürzeln notiert.

»Schau mal!« Schelmisch grinsend hielt Miriam Jennifer ein kleines Päckchen entgegen, das sie in der Schublade gefunden hatte.

Für eine Sekunde vergaß Jennifer ihre Angst, erwischt zu werden, und kiekste.

»Die braucht er wohl fürs Casting!«, lästerte Miriam und legte die Packung Kondome zurück in die Schublade.

Neben den Utensilien, welche die Mädchen niemals im Schreibtisch einer Fernsehredaktion vermutet hätten, stieß Miriam tatsächlich auf eine Videokassette. Sie war unbeschriftet. Miriam nahm die Kassette an sich, schloss die Schublade und verließ mit Jennifer das Büro. Vorsichtig blickten sie in den Flur, ob die Männer noch zu sehen waren. Auch von dem Reinigungstrupp wollten sie im Moment niemandem begegnen, um unangenehme Fragen zu vermeiden. Der Flur war leer.

»Also haben wir noch ein paar Minuten.« Miriam

war voller Eifer. Sie glaubte sich auf einer höchst interessanten Spur und war bereit, alle Gefahren und Gewissensbisse beiseite zu schieben.

Jennifer zögerte. Sie fand, bis zu diesem Moment hatten sie eine Menge Glück gehabt. Unbekannte Männer suchten sie. Sie hatten einen fremden Schreibtisch aufgebrochen und waren noch nicht erwischt worden. Sie hielt es für gefährlich, das Glück weiter herauszufordern. Doch ehe sie all ihre Einwände und Bedenken äußern konnte, saß Miriam schon wieder an einem Schreibtisch und startete die Videokassette.

Sie sah keinen Fernsehbeitrag. So viel stand von der ersten Sekunde fest. Aber was war das, was sie sah? Zusammengeschnittene Fotos, die aufeinander folgten wie eine Diashow, schwarzweiße Filmaufnahmen von unglaublich schlechter Qualität. Dazwischen normale Filmaufnahmen in Fernsehqualität, aber ohne Ton. Manche Szene erkannte sie wieder. Sie waren in dem Beitrag über Senninger vorgekommen.

Jennifer hatte sich dazugesetzt und wurde ebenso wenig schlau aus dem, was sie sahen.

»Schritte!«, rief sie plötzlich. Hektisch tippte sie Miriam auf die Schulter. Miriam drückte die Stopptaste. Beide wollten aufspringen. Diesmal war es zu spät. Die Mädchen sahen auf.

»Achmed!«, stieß Jennifer erleichtert aus.

»Hier seid ihr, ey! Ich suche euch schon die ganze Zeit. Da sind zwei Männer, die ... «

»Wissen wir. Komm setz dich. Weißt du, was das für Männer sind?«, unterbrach Miriam ihn.

»Nee, ey. Die suchen uns. Da habe ich die Fliege gemacht. Logisch, ey! Was macht ihr hier?«

Jennifer weihte Achmed schnell ein, während Miriam das Band zurückspulte und sie sich den merkwürdigen Film noch mal ansahen.

Achmed konnte mit den Aufnahmen sofort etwas anfangen: »Überwachungskameras, ey! Ist das nicht Franks Spielbetreuer?«

Jetzt, da Achmed dies erwähnte, sahen die Mädchen es ebenfalls klar und deutlich: Das Band enthielt eine Reihe von Aufnahmen, die heimlich von Klaus Senninger gemacht worden waren. Irgendjemand hatte ihn observieren lassen.

»Irgendjemand? Die Fernsehleute nehme ich mal an, ey!«, vermutete Achmed.

Die Mädchen aber hatten die beiden fremden Männer belauschen können. Und wenn sie richtig verstanden hatten, kamen die nicht vom Fernsehen. Wer also sonst? Der Spielhersteller vielleicht?

»Da!«, rief Miriam, zeigte mit dem Finger auf den Monitor, stoppte den Player und ließ das Bild langsam zurücklaufen bis zu einem Foto, auf dem Senninger mit einem Mann vor einem Kiosk stand. Neben ihm war die Auslage der Tageszeitungen zu sehen. Deutlich erkannte man die Schlagzeile der obersten Zeitung. Miriam erinnerte sich und stellte fest: »Das Foto ist zwei Tage vor Beginn von Reality Game aufgenommen worden!«

»Jetzt werde ich aber langsam verrückt. Warum setzen die den noch als Spielbetreuer ein, wenn sie dem nicht trauen und ihn überwachen lassen?«, fragte sich Jennifer. »Und weshalb lassen sie ihn überhaupt überwachen? Was ist denn an einem Spielbetreuer gefährlich?«

»Vielleicht hat er etwas erfahren, was er nicht wissen sollte?«, spekulierte Achmed.

Die drei überlegten, was sie nun mit ihren Beobachtungen und Überlegungen anfangen sollten. Nach kurzer Diskussion entschlossen sie sich, das Band mitzunehmen, die Redaktionsräume so schnell wie möglich zu verlassen und Ben und Frank zu informieren.

In der Klinik

Es war nicht das erste Abenteuer, das Ben und seine Freunde bestritten. Deshalb waren manche Dinge, die für die meisten Kinder ein Problem wären, für ihn und die anderen ein Kinderspiel. Zum Beispiel: Wie besuchte man einen Freund mitten in der Nacht, ohne dass dessen Eltern davon Wind bekamen?

Ben hörte es dreimal an seiner Fensterscheibe klicken.

Er stand auf, schaute hinaus aus dem Fenster und sah Jennifer, Miriam und Achmed unten stehen. Miriam war es, die die Kieselsteine an seine Scheibe schleuderte.

Ben öffnete die Tür. Die drei schlichen auf Strümpfen in sein Zimmer.

Flüsternd waren die Mädchen und Achmed sich mit Ben schnell einig: Der Spielbetreuer musste etwas wissen, was ihm gefährlich geworden war. Vielleicht hing dieses Wissen mit Frank zusammen? Vielleicht war Frank in Gefahr?

Ben teilte den anderen mit, dass Frank sich gerade auf den Weg zur Feuerwache gemacht hatte, um herauszubekommen, ob er nachts – wenn der Fernsehsender und die Spielfirma ihn nicht im Auge hatten – ebenfalls von merkwürdigen Schwindelanfällen befallen werden würde.

Jennifer hatte überhaupt kein gutes Gefühl. Frank

glaubte also auch, dass seine unerklärlichen Anfälle etwas mit den Organisatoren des Spiels zu tun hatten?

»Vielleicht mischen sie den besten Runnern morgens etwas ins Essen?«, spekulierte Achmed. »So bleiben alle etwa auf dem gleichen Stand und das Spiel wird spannender!«

Das konnte sich Miriam auch sehr gut vorstellen. Der Spielbetreuer Klaus Senninger wusste davon und wollte nicht mehr mitmachen, lautete ihre Theorie. »Ich meine, Jugendlichen etwas ins Essen zu mischen wäre doch oberpervers.«

»Die beste Möglichkeit, herauszubekommen, ob unsere Vermutung stimmt, ist, Senninger zu fragen!«, rief Ben und sandte Frank sofort eine SMS mit dem Vorschlag, Senninger in der Klinik aufzusuchen und ihn zu fragen, ob er die Täter und den Grund für den Überfall kannte.

Als Frank die Nachricht erhielt, schlug er sich mit der Hand vor den Kopf. Weshalb war er nicht selbst auf die Idee gekommen? Wieso hatte er dem Spielbetreuer diese entscheidenden Fragen nicht schon heute früh gestellt? Er war einfach zu überrascht gewesen, zu entsetzt und zu aufgeregt.

Jetzt aber konnte er es wagen. Was sollte schon passieren, wenn man jemanden im Krankenhaus besuchte? Schließlich wusste niemand von der Spielleitung, dass er unterwegs war. Die einzige Schwierigkeit war: Wie sollte er in die Klinik hineinkommen? Die Nacht gehörte nicht zu den Besuchszeiten.

Er hielt den erstbesten Taxifahrer auf der Straße an und fragte ihn, wo sich das städtische Krankenhaus befand. Es war zum Glück nicht weit. In weniger als zehn Minuten Fußweg hatte er es erreicht.

Er sah eine beleuchtete Pförtnerloge, in der ein älterer Mann ein Buch las.

Frechheit siegt, würde Miriam sagen, dachte er sich und ging forsch auf den Pförtner zu.

»Guten Abend!«, sagte Frank betont freundlich.

Der Mann blickte auf, legte sein Buch beiseite und schob eine Glasscheibe auf, damit er Frank verstehen konnte.

»Ich weiß, es ist spät und keine Besuchszeit«, begann Frank, bevor der Mann irgendwelche Fragen stellen konnte. »Aber wenn es nicht dringend wäre, hätte meine Mutter mich nicht geschickt. Ich muss meinem Vater Klaus Senninger etwas bringen!«

»Aha!«, machte der Mann. »Was denn?«

Darauf war Frank nicht vorbereitet. Wieso war der Pförtner so neugierig? »Äh ... «, stotterte er. »Das ist mir etwas peinlich ... «

Der Pförtner hob die Augenbrauen. »Schon gut! Klär das mit der Schwester!«, murrte er. Offenbar war er neugieriger auf sein Buch als auf Franks Antwort. Gerade wollte er die Scheibe wieder schließen, als Frank ihn noch zurückhielt.

»Wie hieß noch mal die Abteilung? Hier verlaufe ich mich immer!«, schwindelte Frank.

Der Pförtner sah ihn jetzt noch missmutiger an. Nun machte der Junge ihm auch noch Arbeit! Widerwillig ließ er sich den Namen ein zweites Mal geben, blickte auf seinen Monitor und antwortete schließlich: »Unfallchirurgie. U 12. Dritter Stock. Zimmer 68.«

Rumms, die Scheibe wurde geschlossen.

»Danke!«, rief Frank trotzdem und spurtete los.

Fast im selben Moment fuhr ein Wagen vor das Krankenhaus, in dem zwei Männer saßen. Der Fahrer behielt den Eingang im Auge. Der Beifahrer öffnete einen kleinen Koffer und prüfte, ob er alles dabeihatte, was er brauchen würde, wenn der Junge das Krankenhaus wieder verließ.

BUG

Es war spät, aber Monika Hülser war es gewohnt, spät oder gar nachts zu arbeiten. Dies war nicht das einzige Experiment, bei dem Nachtarbeit notwendig wurde. Tagsüber wechselte sie sich mit ihrem Kollegen ab, die Runner zu beobachten. Für die Auswertung der Datenaufzeichnung, die rund um die Uhr stattfand, blieb oft nur die Nacht. Die Psychologin drückte einige Knöpfe, um die Tageswerte der Runner auszudrucken. Während die Drucker anfingen zu rattern, ging sie in die Küche, machte sich einen Tee, weil sie tagsüber schon zu viel Kaffee getrunken hatte, kehrte zurück, setzte sich an ihren Arbeitsplatz und bemerkte, dass einer der Drucker nicht arbeitete.

Die Psychologin rollte an den entsprechenden Computer heran, klickte sich mit der Maus durch einige Tabellen und Programme und hatte den Fehler schnell gefunden: Der Fehler war gar keiner. Der Kandidat war noch aktiv. Während der Aktivität zeichnete der Computer Werte auf und druckte keine aus. Der abschließende Ausdruck erfolgte erst nach Abschluss des Tages in der Ruhephase. Frank aber war wieder aktiv geworden; mitten in der Nacht, obwohl es den Spielregeln widersprach! Weshalb tat er das? Wo befand er sich?

Monika Hülser schaltete auf Franks Webcam, das Bild blieb dunkel, die Webcam war nicht angeschlossen. Sie besah sich Franks Werte. Er war aufgeregt. Was war mit ihm los?

Auch bei Ben zu Hause herrschte gespannte Aufregung. Leider waren er und seine Freunde zur Untätigkeit verdammt. Jennifer wurde sogar schon müde, ließ sich auf Bens Bett nieder und schloss für ein Weilchen die Augen.
»Wie kann man denn jetzt schlafen, ey?« Achmed verstand die Welt nicht mehr. Aber es ließ sich tatsächlich nichts weiter tun. Sie konnten Franks Wege nicht verfolgen und mussten auf die nächste SMS von ihm warten.

Frank folgte den Hinweisschildern und hatte die Station schnell gefunden. Die Nachtschwester erwies sich weit weniger kooperativ als der Pförtner, obwohl sie noch sehr jung war. Man hätte sie für eine Schülerin der Oberstufe seiner Schule halten können. Aber gerade die waren ja auch oft pampig zu den Jüngeren. Frank kannte das schon. Doch er hatte wieder einmal Glück. Gerade wollte die Nachtschwester ihn hinauswerfen, da leuchtete hinter ihr ein rotes Lämpchen. Es summte laut. Die Nachtschwester fuhr herum und fluchte: »Wieder der alte Zausel. Erst nimmt er seine Schlaftabletten nicht und dann kann er nicht einschlafen! Dem werde ich was erzählen! Als ob ich hier nichts Besseres zu tun hätte!«
Frank betete, niemals in diesem Krankenhaus behandelt werden zu müssen, war dann aber doch froh über

den Wutausbruch der Schwester. Denn mit »alter Zausel« konnte nicht Klaus Senninger gemeint sein.

Frank nutzte die Gelegenheit. Während die Schwester auf einen anderen Flur abschwirrte, suchte er das Zimmer Nummer 68.

Leise öffnete er die Tür. Drei Männer schliefen in dem Zimmer. Im letzten Bett am Fenster lag Klaus Senninger. Frank erkannte ihn sofort. Die anderen beiden lagen offenbar schon länger hier. Keiner von ihnen sah so schlimm aus wie sein Spielbetreuer. Er hing am Tropf und an mehreren Überwachungsgeräten. Frank näherte sich ihm vorsichtig. Senningers Röcheln ließ ihn stoppen.

Senninger versuchte, den Kopf zu heben. Es gelang ihm kaum, weil ihn eine dicke Halskrause hinderte.

»Wer ... ?«, wollte er fragen.

»Ich! Frank!«, antwortete Frank schnell, um Senninger zu beruhigen.

»Beende das Spiel!«, röchelte Senninger. Das Sprechen fiel ihm schwer. Er musste eine kleine Pause einlegen.

»Warum?«, wagte Frank dennoch zu fragen.

»Wegen des Bugs!«

»Wer?«

»Bug!«, antwortete Senninger und machte wieder eine Pause. Er atmete schwer, kämpfte, wollte Frank unbedingt etwas mitteilen. Als ob er jeden Buchstaben einzeln herauswürgen musste, legte er seinen Kopf ein klein wenig auf die Seite, Frank zugewandt. »Fern... «

»Fern?«

»…gesteuert! … Gefühle … Vorsicht!« Senningers Kopf fiel zurück. »Ich weiß auch noch nicht alles!«

Dieser Satz hatte offenbar zu viel Kraft gekostet. Senningers Stöhnen fuhr Frank durch Mark und Bein. Er musste mehr erfahren! Wovon sprach sein Spielbetreuer?

Er rückte sehr dicht an ihn heran, als plötzlich die Nachtschwester hinter ihm stand.

»Das darf ja wohl nicht wahr sein!«, schimpfte sie. »Hast du 'ne Schraube locker, du Weichhirn? Der Mann ist schwer verletzt!«

»Das ist mein Vater!«, schwindelte Frank. Der Trick hatte ja schon einmal funktioniert.

»Ja, und ich bin Shakira, du Spinner. Wie alt bist du? Dreizehn? Vierzehn?«

»Fast vierzehn!«, antwortete Frank.

Die Schwester nickte. »Und der da ist achtundzwanzig! Dass das dein Vater ist, glaubst du doch selbst nicht. Raus hier!«

Ein neues Rätsel

Nachdenklich verließ Frank das Krankenhaus. Er sollte das Spiel wegen eines »Bugs« beenden. Was war ein Bug? Gesteuerte Gefühle; was konnte Senninger damit gemeint haben? Vor der Tür zog er sein eigenes Handy aus der Tasche und rief Ben an. Sollten die Spielorganisatoren ihm doch eine Verwarnung aussprechen oder ihn disqualifizieren! Es war ihm fast egal. Hier lief etwas Schräges im Hintergrund, und solange die Organisatoren nicht bereit waren, ihm die Wahrheit zu sagen, war er auch nicht mehr gewillt, alle Regeln einzuhalten. Schnell hatte er Ben über die Begegnung mit Senninger informiert und gleichzeitig erfahren, dass mittlerweile Miriam, Jennifer und Achmed bei Ben eingetroffen waren. Er erfuhr von der seltsamen Entdeckung, die die drei im Fernsehsender gemacht hatten.

»Offenbar soll Senninger mit dem Fernsehbeitrag als unglaubwürdig dargestellt werden«, gab Ben Miriams Idee an Frank weiter. Vermutlich war er den Spielmachern auf die Schliche gekommen und wollte auspacken.

»Aber er weiß auch nicht alles, hat er gesagt«, entgegnete Frank.

Für Miriam nur eine weitere Bestätigung ihrer Theorie. »Sie haben die Notbremse gezogen, bevor er mehr erfährt und es weitererzählt.«

Leider konnten sie die Videokassette nicht genauer auswerten, da das Betacam-Fernsehformat nicht in einen herkömmlichen Heimvideorekorder passte. Weil sie die Kassette nur einmal gesehen hatten, konnte sich niemand genau erinnern, mit wem sich Senninger alles getroffen hatte, wobei er gefilmt und fotografiert worden war.

»Was ist ein Bug?«, fragte Frank.

Ben sagte es ihm: »Wörtlich übersetzt heißt es *Insekt*. Bei Computern nennt man Fehler in der Software so. Als habe sich im System ein Insekt eingenistet, das die Fehler verursacht.«

»Ein Insekt?« Frank rieb sich mit der Hand über den Nacken. Plötzlich hielt er inne. Eingenistet? Hatte er nicht seit einigen Tagen eine Stelle am Hals, die ihn hin und wieder juckte? Er hatte selbst auch schon an ein Insekt gedacht. Aber was sollte das mit dem Spiel zu tun haben? Es war allerdings genau jene Stelle gewesen, in die er die Vitaminspritze bekommen hatte. Er hatte sich noch gewundert, dass ihm die Spritze in den Hals und nicht in den Arm gesetzt worden war.

Plötzlich konnte Frank nicht mehr weitersprechen.

»Hey, Frank!«, rief Ben. »Bist du noch da? Was ist?«

An seine Freunde gewandt: »Er meldet sich nicht mehr!« Jennifer, Miriam und Achmed rückten dichter an Ben heran. Jeder versuchte, sein Ohr so nah an Bens Telefon wie möglich zu bekommen, obwohl er es schon auf Lautsprecher geschaltet hatte.

Doch es herrschte Funkstille.

»Aufgelegt?«, fragte Jennifer.

»Kein Netz mehr, ey!«, glaubte Achmed.

Beide Vermutungen entpuppten sich als falsch.

»Die Verbindung steht noch!«, war Ben sich sicher. »Ich höre Geräusche. Nur Frank sagt nichts mehr! Frank! Frank! Hörst du mich?«

Frank hörte Ben rufen. Gern hätte er geantwortet. Die Stimme versagte ihm. Mehr noch, er glaubte, nicht einmal mehr den Mund öffnen zu können. In seinem Kopf wütete ein Presslufthammer, auf den Augen herrschte ein Druck, als wären seine Augenhöhlen mit Beton ausgegossen. Seine Umgebung nahm er nur noch als verschwommene Umrisse wahr. Die Hände zitterten und kalter Schweiß trat auf seine Stirn.

Bens Stimme aus dem Handy rückte in immer weitere Entfernung. Stattdessen näherten sich zwei Männer schnellen Schrittes, die aus einem gegenüber geparkten Wagen ausgestiegen waren. Frank sah sie nicht, bis der erste ihn am Kragen packte und der zweite ihm das Handy aus der Hand nahm.

»Jetzt hat er aufgelegt!«, stellte Ben fest.

»Das kann nicht sein!« Jennifer kaute nervös auf ihren Fingernägeln. »Das hat er doch nicht freiwillig gemacht. Da ist etwas passiert!«

»Man müsste vor Ort sein!«, sagte Ben. »Von hier aus kann man wenig machen!«

»Vor Ort?« Diesmal war es Miriam, die einen Geistesblitz hatte. »Aber wir kennen doch jemanden vor Ort!«

Zu diesem Zeitpunkt machte Monika Hülser in ihrem Labor eine seltsame Entdeckung. Franks Bug war betätigt worden. Das widersprach den Abmachungen. Nicht nur, dass ihre Auswertungen wertlos wurden, wenn jemand anderes dazwischenfunkte. Sie hatte sich vor Beginn des Experiments ausgebeten und ausdrücklich in die Verträge schreiben lassen, dass nur von ihr oder in Absprache mit ihr der Bug betätigt wurde. Die Kontrolle über die Bugs wollte sie keine Sekunde aus der Hand geben. Anders war die Versuchsreihe nicht zu verantworten. Sie war so schon heikel genug und unterlag deshalb strengster Geheimhaltung. War dies der Grund für den Missbrauch? In dieser Versuchsreihe konnte man nicht einfach per Anwalt oder Gericht die Einhaltung der Verträge einfordern. Offiziell gab es dieses Experiment überhaupt nicht. Jeder der eingeweihten Offiziellen würde die Existenz der Versuchsreihe, sein Wissen darüber und seine Zustimmung zu ihr abstreiten. Sollte da jemand diese Situation ausnutzen und Schindluder mit den Bugs treiben? War es das erste Mal oder geschah dies in jeder Nacht? Mit allen oder nur mit Frank? Im Moment war nur Frank betroffen. Aber das musste nichts heißen. Sie brauchte Klarheit. Es war zwar schon nach Mitternacht, doch hier handelte es sich um eine Ausnahmesituation. Sie griff sich das Telefon und rief einen Mann an, der zu dieser Angelegenheit an diesem Abend schon das zweite Mal angerufen wurde. Er erkannte auf dem Display, wer ihn mitten in der Nacht zu sprechen wünschte. Ihm war auch der Grund des

Anrufes bewusst und er nahm den Hörer deshalb nicht ab.

Verärgert, aber auch besorgt, legte die Psychologin den Hörer wieder auf. Sie besah sich die aktuellen Werte. Dem Jungen ging es nicht gut. Was geschah dort? Der Bug wurde überstrapaziert. So etwas durfte man nicht machen mit einem Jungen.

Frank spürte Hände, die ihn packten. Sie wollten ihn mitschleifen. Er war zu matt, um sich zu wehren. Schlafen wollte er, nichts als schlafen. Ihm war übel. Warum ließ man ihn sich nicht auf der Stelle hinlegen und schlafen? Tief in seinem Unterbewusstsein regte sich etwas. *Gefahr!*, rief es ihm zu. *Wehr dich!* Ein Instinkt, eine Ahnung, auf die er hören sollte. Frank mobilisierte seine letzten Kräfte, entzog sich den fremden Händen, wand sich, lief zwei, drei Meter, stolperte mehr, als dass er vernünftige Schritte zustande bekam, fiel, wurde aufgefangen. Die Hände hatten ihn wieder.

Dr. Monika Hülser entschied sich einzugreifen. Es war nicht ganz ungefährlich, wenn auf den Bug mehrere Zugriffe gleichzeitig vorgenommen wurden, aber eine andere Chance gab es zu diesem Zeitpunkt nicht. Irgendjemand bemühte sich ohne Absprache mit ihr, Frank komplett lahm zu legen. Sie gab am Computer einige Befehle ein, die Frank ein wenig auf die Beine helfen würden.

Frank wusste nicht, wie ihm geschah. In der einen Sekunde fühlte er sich sterbenskrank, in der nächsten durchfuhr ihn ein Energiestrom, als kehrten sämtliche verloren gegangene Kräfte mit einem gewaltigen Schub zurück.

Mit ungeahnter Kraft stieß er den einen der beiden Männer, die ihn hielten und zu einem Wagen zerrten, zurück, während er dem zweiten ein Bein stellte und ihn zu Fall brachte. Er hatte sich von den Griffen befreit, nutzte geistesgegenwärtig diese Chance, rannte los. Leichtfüßig schwebte er über den Asphalt, wie es eine halbe Minute zuvor noch undenkbar gewesen wäre, spürte, wie ungeheuer schnell er war. Selten war sein Antritt besser gewesen. Er bog in die nächste Seitenstraße ein – und brach dort zusammen. Das Schwindelgefühl und die Schwäche hatten ihn wieder.

Jemand funkte ihr dazwischen. Monika Hülser sah entsetzt auf den Monitor. Franks Werte fuhren Achterbahn.

Was konnte sie tun? Sie war ratlos. Wer pfuschte ihr auf so unverantwortliche Weise ins Handwerk? Wer war dazu überhaupt in der Lage? Die Antwort auf die letzte Frage war schnell gefunden. Es kam nur einer infrage, aber der hatte gerade das Telefon nicht abgenommen. Die Psychologin entschied sich für die einzige Möglichkeit, die ihr noch blieb. Es war die letzte Möglichkeit, eine endgültige. Das Problem war: Wenn sie es tat, blieben nur noch drei Stunden Zeit, den Bug zu entfernen, damit es nicht zu gesundheitlichen Schäden kam.

Drei Stunden waren keine lange Zeit, mitten in der Nacht, wenn man niemanden erreichte. Ein letzter Blick auf den Monitor aber bestärkte sie in ihrer Entscheidung. Sie atmete einmal kräftig durch und schaltete Franks Bug komplett ab.

Wie aus einem Traum erwachte Frank aus seiner körperlichen Berg- und Talfahrt, für die er keine Erklärung fand. Er lag auf der Straße, erinnerte sich nur dunkel, was soeben geschehen war, wusste aber, dass irgendwie zwei Männer hinter ihm her waren, die ihn in einen Wagen zerren wollten. Er erhob sich, hörte Schritte und sah im nächsten Moment schon die beiden Männer um die Hausecke auf ihn zulaufen. Sofort war Frank wieder hellwach. Er musste fort!

»Pst!«, kam es aus einer kleinen Seitengasse an der gegenüberliegenden Seite der Straße.

Frank blickte hinüber, sah eine winkende Hand. Es blieb keine Zeit zum Nachdenken. Frank folgte der Hand.

Die Männer liefen hinter ihm her, hatten etwa noch zehn Meter Abstand.

Frank beschleunigte, sah die Hand nicht mehr, hielt dennoch die Richtung, rannte in die Gasse hinein. Plötzlich ertönten hinter ihm laute Flüche, Gestöhn, ein Aufschrei und ein dumpfer Aufprall. Frank drehte sich um, sah, dass die beiden Männer gestürzt, gegeneinander geknallt und übereinander gefallen waren.

Im nächsten Augenblick erkannte er die Ursache. Rechts an der Hauswand stand ein Mädchen mit einem Drahtseil in der Hand, dessen Ende auf der anderen Seite der Gasse an einen Laternenmast gebunden war.

»Sarah!«, rief Frank erstaunt.

»Komm!«, befahl Sarah ihm, nahm ihn an die Hand und beide liefen, so schnell sie konnten, zunächst die Gasse hinunter, dann wieder links in eine weitere Straße, erreichten auf der anderen Seite einen schlecht beleuchteten Park, durch den sie weiterrannten, ohne eine Pause zu machen, und kamen erst an dessen Ende hinter einer geschlossenen Imbissbude kurz zum Stehen.

Sarah atmete schwer. Gebeugt stützte sie ihre Hände auf den Oberschenkel und atmete tief durch. Trotz der körperlichen Extremsituationen, die Frank kurz zuvor noch durchgemacht hatte, funktionierte bei ihm alles tadellos wie gewohnt. Er hatte sich schnell von dem kurzen Spurt erholt.

»Woher wusstest du, dass ich hier bin?«, fragte er.

»Deine Freunde haben mich informiert. Im Gästebuch von Reality Game hatte ich mich als Fan eingetragen. So haben deine Freunde meine Mailadresse, meine Webseite und letztendlich sogar meine Handynummer herausbekommen. Sie haben mir erzählt, dass du irgendwo in der Nähe des Krankenhauses sein müsstest. Ganz schön auf Draht, deine Freunde!«

Frank schmunzelte. »Wenn die sich etwas vorgenommen haben, schaffen die das auch.«

»Hauptsache, meine Eltern lernen deine Freunde nicht kennen«, lachte Sarah. »Die würden mich manchmal auch gern finden.«

Frank war geschockt. »Deine Eltern wissen nicht, wo du bist?«

Sarah erhob sich. Ihr Atem hatte sich beruhigt.

»Meinst du, die würden das klasse finden, wenn ein dreizehnjähriges Mädchen mitten in der Nacht einen fremden Jungen vor zwei Zombies rettet?«

Nein, das konnte Frank sich nicht vorstellen. Und dass ihre Tochter fremde Jungs in die Kanalisation oder auf die Müllberge dieser Stadt verschleppte, um ungestört mit ihnen zu knutschen, würde bei den Eltern wohl auf ebenso wenig Verständnis stoßen. Deshalb war es verständlich, dass Sarah ihre Ausflüge geheim hielt und ab und an einfach verschwand. Dennoch: Er würde seinen Eltern so etwas nicht antun. Frank konnte sich vorstellen, welche Sorgen sich seine Eltern machen würden, wenn er einfach so verschwand. Andererseits musste er einräumen, dass seine Eltern zwar der Teilnahme an Reality Game zugestimmt hatten, aber auch keine Ahnung davon hatten, was er in diesem Moment mitten in der Nacht trieb.

»Warum sind die hinter dir her? Was sind das für Leute?«, riss Sarah ihn aus seinen Gedanken.

Frank teilte ihr in groben Zügen mit, was er wusste, aber das war nicht viel: seine eigenartigen Körperzustände, der Überfall auf seinen Spielbetreuer und was seine Freunde in der Fernsehredaktion entdeckt hatten. Senningers Warnung in der Klinik und das große Rätsel, was mit einem Bug gemeint war. Sie wussten nur, dass es »Insekt« hieß und dass Frank sich durch diese Übersetzung seltsamerweise daran erinnerte, wie sehr sein Nacken seit der Vitaminspritze juckte.

Sarah staunte Frank an. Bisher hatte sie ihn einfach nur vor den anderen Fans schützen wollen, auch weil sie es schick fand, den Fernsehstar aus Reality Game für sich allein zu beanspruchen; zumindest ein bisschen. Jetzt aber war sie plötzlich in ein handfestes Abenteuer, möglicherweise sogar in ein Verbrechen verwickelt. Der Spielbetreuer war schließlich übel zugerichtet. Und nun wurde »ihr« Star von obskuren Männern verfolgt, die ihm ans Leder wollten?

»Mann!«, hauchte Sarah nur. »Ich denke, wir sollten sehen, dass wir hier wegkommen.«

Wettlauf gegen die Zeit

»Abgeschaltet?« Der Geschäftsführer der kleinen Elektronikfirma wunderte sich über die Mitteilung, die er per Handy erhielt. Er wusste, dass nur eine Person außer ihm in der Lage war, einen Bug abzuschalten: die Psychologin, die ihn vor kurzem hatte sprechen wollen. Wie kam sie dazu, so eigenmächtig zu handeln? Die Tatsache, dass sie es getan hatte, setzte ihn unter Zeitdruck. »Seit wann?«

Er bekam zur Antwort, dass Franks Bug seit etwa zwanzig Minuten abgeschaltet war. Der Geschäftsführer tobte. Zwanzig Minuten, ohne dass er davon erfahren hatte, empfand er als mindestens neunzehn Minuten zu lang. Schnell besann er sich auf die zu lösende Aufgabe: »Wir haben also nur noch gut zweieinhalb Stunden, um dem Jungen den Bug zu entfernen. Bereitet alles dafür vor.«

Doch so einfach, wie der Geschäftsführer sich das vorstellte, war es nicht. Denn um dem Jungen den Bug zu entfernen, musste man ihn erst einmal haben. Frank aber war spurlos verschwunden.

»Er ist WAS?«, wütete der Geschäftsführer. Die Meldung glich einer Katastrophe. Wenn der Bug nicht rechtzeitig entfernt wurde, konnte dies verheerende Folgen haben. Wenn dem Jungen etwas zustieß, würde das natürlich in den Medien ausgeschlachtet werden. Die Geschäftspartner, welche die Börseneinführung des Bugs finanzieren sollten, würden misstrauisch werden und möglicherweise abspringen. Wenn der Junge selbst etwas ahnte, würde er sich den Bug vielleicht sogar rechtzeitig entfernen lassen, aber von der falschen Person. Der Bug und die gesamte Versuchsreihe würden öffentlich werden mit den gleichen Auswirkungen, wenn nicht sogar schlimmeren als im ersten Fall. So oder so waren der Börsengang und damit ein Milliardengeschäft gefährdet, wenn Frank nicht innerhalb von zweieinhalb Stunden gefunden wurde, um ihm den Bug zu entfernen.

Genau diese Anweisung gab der Geschäftsführer durchs Mobiltelefon. Von diesem Moment an wurden exakt 43 Sicherheitskräfte aus dem Schlaf gerissen und zusätzlich mobilisiert, um einen Jungen namens Frank, bekannt als Favorit des Spiels Reality Game, zu finden und sofort zu einem bestimmten Ort zu befördern.

Auch Monika Hülser wusste, dass ein Wettlauf mit der Zeit begonnen hatte. Sie hatte den Bug abgeschaltet, den Geschäftsführer, dessen private Handynummer sie extra für Notfälle bekommen hatte, aber nicht erreicht. Entweder hörte er das Handy nicht oder er nahm es nicht ab. Wie auch immer: Frank musste sich bei ihr melden. Um ihm dies mitzuteilen, rief sie sein Handy an. Die Psychologin gehörte zu jenem ausgewählten Kreis, der die Runner direkt anrufen konnte, natürlich nur im absoluten Notfall, da die Runner von der Psychologin, dem Labor und dem laufenden Experiment nichts ahnten. Franks Handy klingelte, aber statt seiner meldete sich ein Mann: »Hallo?«

»Frank?«
»Wer ist dort?«
»Wo ist Frank?«
»Wer ist dort?«
Kurzes Schweigen.

Im Hintergrund hörte Monika Hülser jemanden ihren Namen nennen, gefolgt von der Bemerkung: »Das müssen wir melden!«

»Wer sind Sie? Was machen Sie dort? Wieso hat Frank sein Handy nicht mehr? Was treiben Sie da? Haben Sie eine Vorstellung, was Sie da gerade anrichten?« Monika Hülser war außer sich, doch sie sprach nur mit ihrem eigenen Handy. Der Gesprächspartner hatte längst aufgelegt.

Die Psychologin zitterte vor Wut. In unverschämter Weise lief etwas hinter ihrem Rücken ab. Sie war hintergangen worden. Sie trug die Verantwortung für die Probanden des Experiments, aber gleichzeitig pfuschte ihr jemand ins Handwerk, verhinderte, dass sie ihre Verantwortung wahrnehmen konnte. Frank befand sich in großer Gefahr, aber er war nicht erreichbar. Befand er sich in den Händen des Bugherstellers? Weshalb verweigerte man ihr dann die Informationen? Wieso ging der Geschäftsführer nicht ans Telefon? Warum hatten sie sich den Jungen überhaupt geholt? Und wie waren die Werte des Jungen zu interpretieren? Er wäre doch vermutlich nicht dermaßen aufgeregt gewesen, wenn er sich im Gewahrsam des Unternehmens befinden würde. Oder ob er ... ?

Erst jetzt fiel der Psychologin die Möglichkeit ein,

die der Realität am nächsten kam: Frank war verfolgt worden; sie hatte den Bug abgestellt; Frank aber befand sich auf der Flucht, für niemanden erreichbar – für sie nicht, für die Verfolger nicht, denn Frank hatte sein Handy an sie verloren. Folglich irrte Frank durch die Nacht und ahnte nichts von der Gefahr, in der er sich befand.

Monika Hülser lehnte sich zurück in ihren Sessel: »Ach, du großer Gott!«, stöhnte sie.

Was konnte sie nun tun? Wer konnte wissen, wo Frank sich aufhielt? Sie musste nicht lange überlegen, um auf die naheliegendste Idee zu kommen.

Suche

Als Ben einen Anruf bekam, stürmten alle gleichzeitig zum Telefon. Wenn um diese Zeit jemand anrief, konnte es niemand anders sein als Frank. Umso verblüffter waren sie, als sich am anderen Ende die Stimme einer Frau meldete.

Sie stellte sich nicht vor, sondern sagte ohne Einleitung nur drei Sätze: »Frank ist in höchster Gefahr. Wir haben nur noch zweieinhalb Stunden Zeit. Ich muss wissen, wo er ist!«

Trotzdem fragte Ben als Erstes: »Wer sind Sie?«

»Das spielt keine Rolle. Glaub mir, wenn du Franks Freund bist. Ich will und kann ihm helfen ... «

»In was für einer Gefahr?«, unterbrach Ben sie.

»Ich muss wissen, wo er ist. Wir haben keine Zeit. Alles andere später.«

Ben öffnete den Mund, wollte soeben sagen, dass sie auch nicht wussten, wo Frank sich befand, dass Frank sich auf ihre Meldungen per Handy nicht meldete und ...

Miriam stoppte Ben, indem sie ihm fest in die Schulter kniff, heftig den Kopf schüttelte und stumm die Lippen bewegte. Ben verstand. Miriams Idee war gut. Wenn er jetzt zugab, Franks Aufenthaltsort nicht zu kennen, würde die Frau auflegen. Sie würden weder erfahren, wer sie war, noch in welcher Gefahr Frank sich befand. So antwortete Ben nicht auf die Fragen der Frau, sondern stellte eine Gegenfrage: »Geht es um den Bug?«

Die Frau verstummte.

Treffer!, zeigte Miriam an. Die Anruferin wusste offensichtlich, worum es ging.

»Ihr ... «, begann die Frau zögerlich, »... wisst davon?« Sie schien sehr verwundert.

Miriam nickte Ben zu.

»Ja!«, sagte Ben und fügte nach kurzem Zögern und einem Blick zu Miriam hinzu: »Natürlich!«

»Woher?«, entfuhr es der Frau.

»Von Frank!« Ihm fiel so schnell keine bessere Antwort ein. Er wusste nicht, ob diese Antwort klug oder dumm gewesen war. Gespannt wartete er wie die anderen auf eine Reaktion.

»Frank weiß von seinem Bug?«, fragte die Frau nach.

Seinem Bug? Ben schaute seine Freunde an. Frank besaß einen eigenen Bug? Was bedeutete das?

Ben nickte.

Das sah die Anruferin natürlich nicht. »Hallo?«, fragte sie nach.

»Äh ... Ja ... sicher!«, stotterte Ben. Hoffentlich verriet er sich nicht durch seine Unsicherheit.

»Dann weiß er auch, dass er nur noch zweieinhalb Stunden hat, ihn zu entfernen?«

Ben hätte es beinahe vom Sitz gehauen. Nein, das wusste er natürlich nicht! Und auch Frank wusste es nicht! Wieso *entfernen*? Wovon sprach die Frau?

»Nein!«, antwortete Ben wahrheitsgemäß. »Das weiß er nicht. Wieso? Was passiert denn dann?«

»Himmel!«, rief die Frau ins Telefon. »Dann wisst ihr ja doch nichts! Verdammt! Schluss jetzt mit den Spielchen. Wo ist Frank? Ich *muss* es wissen!«

»Wir wissen es nicht. Ehrlich!«

»Warum sagst du das nicht gleich!«, herrschte die Frau ihn an. »Ich habe keine Zeit zu vergeuden, verdammt noch mal!«

Ben ahnte, dass die Frau gleich auflegen würde. »Warten Sie!«, rief er ihr zu.

»Was?«

»Wo soll er sich melden? Falls wir ihn finden oder er sich bei uns meldet? Wo soll er anrufen, wenn er Hilfe braucht? Sein Spielbetreuer ist ja ... «

»Ich weiß!«, antwortete die Frau. Sie dachte nach. Über die Frage hatte sie vorher nicht nachgedacht. Sie musste eine Telefonnummer hinterlassen. Frank war in zu großer Gefahr, um anonym zu bleiben. Ihr blieb ohnehin nichts anderes übrig, als die Polizei einzuschalten, wenn sie nicht in Kürze Kontakt zu Frank bekam.

Die Psychologin gab Ben ihre private Handynummer durch und legte dann auf.

Kaum hatte Ben den Apparat aufgelegt, kam Leben in sein Zimmer. Alle brabbelten durcheinander. Jeder sprudelte mit seinen Fragen nur so heraus: Was war ein Bug? Wieso besaß Frank einen? Was hieß es, den Bug zu entfernen? Weshalb war er in Gefahr? Und tausend Fragen mehr.

»Langsam!«, versuchte Jennifer, ihre Freunde zu beruhigen. »Langsam!« Sie wedelte mit den Händen, wie es manche Lehrer taten, um Ruhe herzustellen. Sie hatte damit mehr Erfolg als ihre Lehrer. Ihre Freunde verstummten, auch wenn es ihnen schwer fiel.

Jennifer wiederholte das Wichtigste, was die Frau gesagt hatte: Frank hatte nur noch zweieinhalb Stunden Zeit, den Bug entfernen zu lassen! Sie sah jedem einzelnen ihrer Freunde ernst in die Augen. »Dreht und wendet diesen Satz, wie ihr wollt«, forderte sie ihre Freunde auf. »Es läuft immer aufs Gleiche hinaus: Frank trägt diesen Bug – was immer das ist – bei sich! Und dass er ihn trägt, bringt ihn in Gefahr!«

»Vielleicht 'ne Bombe, ey«, vermutete Achmed. »Die sie ihm um den Bauch geschnallt haben und ... «

»Achmed!«, wies Miriam ihn zurecht. »Hast du 'nen Knall? Wer soll dem denn 'ne Bombe umgeschnallt haben, du Hirni!«

Achmed wollte sich gerade verteidigen, als Ben dazwischenging: »Frank weiß nichts von dem Bug, sonst wüssten wir auch davon!«

Kein Widerspruch in der Gruppe.

Miriam nickte Ben zu und wandte sich dann an Achmed: »Meinst du, Frank würde nicht merken, wenn er eine Bombe um den Bauch trägt?«

»Er durfte nichts sagen!«, wandte Achmed ein. Seine Filmfantasien brannten offensichtlich mit ihm durch.

Jennifer riss das Wort wieder an sich: »Achmed, sei nicht böse, aber mit deinen Theorien vergeuden wir nur wertvolle Zeit! Also noch mal: Wir müssen Frank finden. Er muss diese Nummer anrufen. Selbst wenn wir nicht wissen, weshalb. Darauf kommt es jetzt an. Einverstanden?«

Alle waren einverstanden.

»Und wie machen wir das?«, wagte Achmed zu fragen. Die erste Idee war, dass viele Köpfe mehr Ideen hervorbrachten. Sogleich war beschlossen, Thomas, Kathrin und Kolja anzurufen.

Ben sah skeptisch auf seine Uhr: »Um diese Zeit könnte das Trouble bei den Eltern auslösen!«

Eltern!

Ein Stichwort, welches die Gruppe erstarren ließ. Musste man nicht die Eltern informieren?

Jennifer war sofort dafür.

Miriam zögerte. Nicht dass sie es nicht auch für notwendig erachtet hätte. Sie glaubte nur, ehe man den Eltern alles erklärt hätte, diese dann vermutlich die Polizei eingeschaltet und diese wiederum versucht hätte, sich beim Veranstalter zu informieren, anschließend wieder mit den Eltern beraten und erst dann zu dem Schluss gekommen wäre, Frank tatsächlich zu suchen, wären die zweieinhalb Stunden längst vorbei.

An Miriams Einwand war etwas dran, fand auch Ben. »Vielleicht hat die Frau auch Franks Eltern schon informiert«, glaubte Achmed.

Die vier beschlossen, sich zunächst auf das Wichtigste zu beschränken und keine Zeit zu verlieren.

Das Erste war, Kolja, Kathrin und Thomas Bescheid zu geben. Diese Aufgabe übernahm Miriam. Sie piepte die drei einfach per Handy an: »Meldet euch. Dringend. Treffen bei Ben in 15 Minuten!«

Achmed fiel ein, dass – wenn schon Frank nicht übers Handy erreichbar war – dies vielleicht über Sarahs funktionieren würde. Er sagte das einfach so dahin. Aber niemand hatte zuvor daran gedacht.

»Natürlich!«, schrie Ben. Er sprang auf, schlug sich vor die Stirn. »Oh, Mann, sind wir blöd. Wir haben doch Sarahs Nummer herausbekommen und sie zu Frank geschickt. Natürlich sind die beiden zusammen. Bestimmt sogar. Ich rufe sie gleich an.«

Sofort tippte er die Nummer und erhielt zur Antwort eine Automatenstimme, die ihm mitteilte, dass der Teilnehmer »temporarily not available« wäre.

»Shit!«, fluchte Ben. Es wäre ja auch zu schön gewesen.

Frank saß mit Sarah in einem Wohnzimmer, welches noch keines war. Ein Kamin war schon eingebaut, der Holzfußboden schon geschliffen, aber Fenster und Türen fehlten noch, die Wände waren noch nicht gestrichen. Im Flur und in dem Raum, der einmal eine Küche werden sollte, schauten nackte Kabel aus den Wänden. Das obere Stockwerk hatte Frank nicht gesehen, der Garten war eine Wüste.

»Wie bist du denn auf diesen Unterschlupf gekommen?«, fragte Frank.

»Ganz einfach«, antwortete Sarah. »Das Haus bauen die Eltern einer Freundin von mir. In vier Wochen wollen die hier einziehen. Kann man sich gar nicht vorstellen, wenn man das hier so sieht, oder?«

»Doch«, sagte Frank und dachte an Bens Zimmer, das eigentlich immer so aussah, als hätten sich darin die Bauarbeiter breit gemacht.

Da noch keine Lampen angeschlossen waren, hockten die beiden im Dunkeln auf dem nackten Holzfußboden. Es war kühl geworden.

Frank hätte gern Ben und die anderen informiert, was passiert war und wo er sich befand, doch er hatte bei der Flucht sein Handy verloren. Er fragte Sarah, die entschuldigend abwinkte: »Ich habe es in der Eile zu Hause liegen lassen.«

Frank fluchte innerlich. Nun war er völlig von seinen Freunden abgeschnitten. Seine Webcam lag im Hotel und wäre ohnehin nicht auf Sendung, sein Handy hatte er verloren, Sarah ihres vergessen und in dieser Baustelle existierte noch kein Telefon. Es war merkwürdig, mitten in einer Stadt zu sitzen und seine Freunde nicht erreichen zu können; überhaupt niemanden erreichen zu können. Frank versuchte, sich an die Zeit zurückzuerinnern, als es nicht möglich war, jederzeit und überall telefonieren zu können. Er war ein kleiner Junge gewesen zu jener Zeit.

»Was machen wir jetzt?«, fragte Sarah. Sie war noch immer bestürzt über die Zusammenhänge, die Frank ihr erzählt hatte.

Frank rief sich noch einmal Senningers Worte in Erinnerung: *Beende das Spiel! Wegen des Bugs! Ferngesteuert … ! Gefühle … ! Vorsicht!*

Frank verstand einfach nicht, was Senninger gemeint haben konnte. Und weshalb war Senninger so zugerichtet worden?

Weshalb wurde er selbst von fremden Männern verfolgt?

»Ich weiß auch nicht, was wir tun sollen«, antwortete Frank. »Wir sollten einfach noch ein wenig warten, bis die Männer die Suche nach mir aufgegeben haben. Später gehe ich ins Hotel und rufe Ben an. Vielleicht weiß der etwas Neues.«

Sarah erklärte sich sofort mit dem Vorschlag einverstanden. Denn die Idee, Frank gleich wieder allein ins Hotel verschwinden zu lassen, behagte ihr gar nicht. Trotz der Aufregung genoss sie es, mit ihm hier allein im Dunkeln zu sitzen. Es war zwar ungemütlich, aber schlechter als ein Treffen in der Kanalisation oder auf dem Müllberg war es auch nicht. Auf die Treffen dort mit den anderen Jungs war sie jeweils vorbereitet gewesen. Sie hatte Kerzen, Kuchen und Musik mitgebracht. Dieses Versteck hier aber war ihr spontan eingefallen. Sie hatte nichts dabei, um romantische Stimmung zu verbreiten. Allerdings: Wenn hier täglich Bauarbeiter auftauchten und auch – wie sie wusste – die Eigentümer in jeder freien Minute beim Innenausbau mit Hand anlegten, konnte es doch sein, dass …

»Warte mal hier!«, bat Sarah.

Frank wollte noch fragen, wo sie hinwollte, da war sie schon in der Dunkelheit verschwunden.

Keine zwei Minuten später hörte er einen Freudenschrei. Frank sprang auf, da stand Sarah schon wieder vor ihm. »Ich habe einen Schatz gefunden!«, teilte sie zufrieden mit.

Der Schatz bestand aus einem kleinen Radiowecker.

Sarah fummelte den Stecker in eine blanke Steckdose.

»Yeah!«, stellte sie zufrieden fest. »Mieser Sound, aber es funktioniert. Und spendet sogar noch ein wenig Licht!«

Frank lächelte. Dann fiel ihm ein: »Stell mal real radio ein. Vielleicht gibt es Neuigkeiten!«

»Sowieso!«, antwortete Sarah. »Den Sender höre ich immer!«

Sarah fand den Sender. Neuigkeiten gab es zurzeit nicht, aber dafür spielten sie gerade Sarahs Lieblingssong. Behauptete sie jedenfalls.

»Tanzen?«, fragte sie.

Frank schrak zurück. Tanzen? Jetzt? Auf einer Baustelle? Im Dunkeln?

»Genau!«, bestätigte Sarah. »Tanzen im Dunkeln auf einer Baustelle. Das ist doch affenscharf!«

Ben, Miriam, Jennifer und Achmed hatten nur noch eine Idee, wie sie Frank finden konnten. Sie brauchten jemanden, der sich in Neustadt auskannte und am besten zusätzlich mit dem Spiel Reality Game vertraut war, sodass man sich längere Erläuterungen sparen konnte. Was lag also näher, als die Trapper vor Ort um Hilfe zu bitten. Genau das hatte Ben übers Internet getan. Das Problem war nur: Niemand der Trapper schaute mitten in der Nacht noch ins Internet. So schied auch die letzte Möglichkeit aus, Frank warnen zu können.

Resigniert empfing Ben Kolja, Kathrin und Thomas, die nacheinander bei ihm eintrafen. Als er ihnen die Lage schilderte, zögerte Kathrin nicht eine Sekunde. Die Eltern mussten sofort informiert und die Polizei eingeschaltet werden. Ben war schon auf dem Weg, das Telefon zu holen, um Kathrins Vorschlag auszuführen, als Kolja plötzlich eine zündende Idee hatte.

»Wie wäre es mit Radio?«, fragte er. Im Gegensatz zu den Fernsehsendern, die nachts nur die Programme des Tages wiederholten, sendeten Rundfunkstationen nachts aktuell. »Frank sitzt doch nirgends herum und hört gemütlich Radio!«, war Miriam sich sicher.

Doch Kolja widersprach. »Keiner weiß, wo Frank ist und was er gerade macht. Vielleicht hockt er irgendwo und im Nebenraum hört jemand Radio oder so?«

Niemand konnte sich das vorstellen, aber einen Versuch war es wert, fanden die anderen. Ben schickte eine E-Mail zum Rundfunksender und Miriam rief wegen des gleichen Anliegens direkt in der Nachtredaktion an. Sie gaben eine Suchmeldung heraus. Frank sollte sich dringend bei Ben melden und bei der angegebenen Telefonnummer. Sie gaben die Telefonnummer der seltsamen Anruferin durch.

Ben und seine Freunde hatten sich noch immer nicht daran gewöhnt, dass Frank nicht einfach nur ihr Freund war. Seit dem Beginn von Reality Game war Frank prominent. Und soeben hatten sie eine Suchmeldung nach ihm durchgegeben. Eine Suchmeldung! Nach jemandem, den seit Tagen die ganze Welt per Webcam verfolgen konnte! Und diese Suchmeldung wurde nicht an irgendwen durchgegeben, sondern an jenen Rundfunksender, der das Spiel mitorganisierte. Kurzum: Die Suchmeldung der Kinder schlug in der Rundfunkredaktion ein wie eine Bombe! Einer der Helden des Spiels sollte mitten in der Nacht verschwunden sein und sich in akuter Gefahr befinden? Ein schneller Kontrollruf im Hotel schien die Aussage der Kinder zu bestätigen: Frank befand sich nicht auf seinem Zimmer. Nacheinander wurden der Chefredakteur und die verantwortlichen Redakteure aus dem Bett geklingelt. Die wiederum verständigten sich mit den Kollegen vom Fernsehsender, dessen Verantwortliche sich zwar einerseits erstaunt zeigten, sich andererseits aber recht bedeckt hielten. Beim Spielhersteller war überhaupt niemand zu erreichen. Die ganze Angelegenheit kam dem Chefredakteur des Rundfunksenders merkwürdig vor. Er beschloss, sich der Sache selbst anzunehmen, zog sich an und fuhr in die Redaktion. Die gewünschte Suchmeldung aber ging immer noch nicht raus.

Nach dem dritten Tanz begann es, Frank zu gefallen. Sarah hatte sich an ihn geschmiegt, die Luft erschien ihm plötzlich mild und warm. Vielleicht war es aber auch nur Sarahs Körperwärme, die er als so wohlig empfand. Seine Augen hatten sich so weit an die Dunkelheit gewöhnt, dass sich mehr als nur Sarahs Konturen bewundern ließen. Ihre Augen glitzerten im fahlen Schimmer der Radioweckerbeleuchtung wie das nächtliche tiefschwarze Meer im Mondlicht.

Frank dachte nicht an das Spiel, welches er eigentlich schon aufgegeben hatte, nicht an die Verfolger, nicht einmal an den verletzten Klaus Senninger im Krankenhaus. Ihm pochte das Herz, er spürte Sarah an seinem Körper, sie tanzten und sie küssten sich. Sie waren allein. Die Welt um sie herum spielte keine Rolle.

Und im Moment empfand er es sogar als großes Glück, dass weder er noch Sarah ein Handy bei sich hatten.

Ben, Jennifer, Miriam, Kathrin, Achmed, Kolja und Thomas hockten in Bens Zimmer vor dem Receiver und lauschten, ob endlich die Suchmeldung nach Frank durchgegeben wurde. Schon das dritte Musikstück wurde gespielt, ohne dass überhaupt nur ein Sprecher zu Wort gekommen wäre.

Als der dritte Song sich dem Schlussakkord näherte, hielten die Kinder erneut den Atem an. Endlich meldete sich ein Sprecher am Mikrofon. Der sagte allerdings nichts von dem vermissten Frank, sondern erklärte, dass die letzten drei Songs auf Wunsch von Zuhörern gespielt worden waren und sich auch jetzt wieder drei Zuhörer ihre Lieblingssongs wünschen dürften. Der Moderator hatte die ersten beiden Ziffern der Telefonnummer noch nicht genannt, da hatte Miriam sich schon Bens Telefon geschnappt und tippte die Zahlen mit.

Achmed wollte Miriam deshalb gerade anpflaumen, weil es seiner Meinung nach Wichtigeres gab, als sich jetzt Songs zu wünschen. Ben und Jennifer allerdings ahnten, was Miriam vorhatte. Sie mahnten Achmed zur Ruhe. Im Radio meldete sich ein Mädchen – aber leider nicht Miriam. Kolja stöhnte.

»Pst!«, machte Jennifer.

Miriam tippte auf die Wiederholungstaste.

Wieder kam ein anderer Anrufer durch. Wieder ein Musikwunsch. Wieder fasste sich Kolja an den Kopf. »Voll der Schrott!«, flüsterte er.

Miriam wählte erneut – und …

»Ja, hallo, hier real radio. Mit wem spreche ich?«
Niemand meldete sich.
»Hallo?«, fragte der Moderator.
Stille.
»Melde dich doch!«
Jennifer begriff plötzlich. »Mensch, Miriam, du bist auf Sendung!«
Miriam erschrak, Achmed schlug sich die Hand vor die Stirn, Kolja himmelte zur Decke.
»Hallo!«, stotterte Miriam.
Sie war im Radio zu hören.
»Ja, hallo. Mit wem spreche ich?«, fragte der Moderator erneut. »Nicht so schüchtern!«
Ben musste grinsen. Miriam und schüchtern!
Bei Miriam war nach der Schrecksekunde der Knoten geplatzt. »Hier ist Miriam!«, sagte sie. »Wir suchen Frank!«
Frank hob den Kopf. Hatte er da gerade seinen Namen im Radiowecker gehört?
»Frank, der Held von Reality Game. Wir sind seine Supporter!«, sprudelte Miriam los. »Aber Frank ist verschwunden! Er schwebt in Gefahr!«
Frank hatte nun keine Zweifel mehr. »Das ist Miriam!«, rief er Sarah aufgeregt zu, obwohl er sie immer noch dicht an sich gedrückt hielt. Von nun an hörte auch Sarah aufmerksam zu.
Miriam rappelte alles hinunter, was sie wusste. Von Franks Schwindelanfällen, den gleichen Symptomen bei dem vermeintlichen Geiselnehmer, dem Überfall auf den Spielbetreuer, den Kassetten, die sie im Fern-

sehsender gefunden hatten, dem Anruf der seltsamen Frau, von einem Bug, den sie erwähnt hatte, und der Gefahr, in der Frank sich befand, wenn nicht – mittlerweile – binnen einer Stunde jemand den Bug entfernen würde. Mit jedem Satz klappte dem Moderator mehr die Kinnlade hinunter. Er war sprachlos. Das nutzte Miriam, gab die Telefonnummer der Frau und ihre eigene durch, damit Frank sich so schnell wie möglich meldete.

»Hast du das gehört?«, fragte Frank. »Ich bin in Gefahr?«

»Wo hast du den Bug?«, fragte Sarah.

Frank zuckte mit den Schultern. »Ich weiß nicht einmal, was das ist. Senninger hat auch schon davon gesprochen. Verflucht, was habe ich denn an mir?«

Er sah an sich hinunter.

»Deine Stelle!«, schaltete Sarah.

Frank verstand nicht, was sie meinte.

Sarah erinnerte ihn an seine Stelle am Hals, die ihn juckte, seit er die Vitaminspritze bekommen hatte. »Vielleicht waren es keine Vitamine!«, gab Sarah zu bedenken.

»Aber was denn sonst?«

»Der Bug!«

»Der Bug? Was ist das, der Bug?«, fragte Frank. Sein Hand berührte unwillkürlich die Stelle, wo ihm die Spritze verpasst worden war. *Bug* hieß Insekt. Man hatte ihm doch kein Insekt gespritzt!

»Wieso kommt sonst eine wildfremde Frau dazu, bei deinen Freunden anzurufen, dich zu suchen und dich zu warnen?«, hakte Sarah nach.

▼ Wer könnte die Frau gewesen sein, fragte sich Frank. Nach Sarahs Meinung war sie eine, die etwas über den Zusammenhang von Bug und Spritze wusste. Allein die Tatsache, dass Frank sie nicht kannte und die Frau von Gefahr sprach, belegte, dass sie es hier mit einem geheim gehaltenen Projekt zu tun hatten.

»Jemand experimentiert mit dir!«, war Sarah sich sicher.

Frank musste sich erst einmal setzen. An Ort und Stelle ließ er sich zu Boden sinken, um das Gehörte zu verdauen. Jemand experimentierte mit ihm? Sarah hatte das so selbstverständlich erwähnt, fast beiläufig. Frank wurde es schwummerig. Er konnte den Gedanken nicht verkraften, Opfer eines geheimen Menschenexperiments zu sein.

Sarah zog ihn sofort wieder hoch.

»Lass mich«, wehrte sich Frank.

Sarah ließ ihn nicht.

»Du hast nur noch eine Stunde!«, mahnte sie ihn.

»Wozu?«, wollte Frank wissen.

Sarah wusste es auch nicht. Sie hatte nur aufmerksam zugehört. Innerhalb einer Stunde musste der Bug entfernt sein, hatte Miriam gesagt. Also hatte Frank keine Zeit zu verlieren. »Wir müssen so schnell wie möglich zum nächsten Telefon. Und ich weiß auch, wo eines ist!«

Erkenntnis

Nicht nur Frank und Sarah hatten Miriam im Rundfunk gehört. Einer, der ebenfalls sehr an Miriams Aussage interessiert war, obwohl er mit dem Spiel Reality Game nichts zu tun hatte, rief nur wenige Minuten nach Miriams Rundfunkauftritt auf ihrem Handy an.

Er stellte sich als Journalist der Neustädter Tageszeitung vor, die über die vermeintliche »Geiselnahme« berichtet hatte. Verblüfft hatte er im Rundfunk mit angehört, wie Miriam einen Zusammenhang zwischen den Symptomen des Geiselnehmers und Franks Problemen hergestellt hatte.

Mit offenen Mündern vernahmen Miriam und ihre Freunde, was der Journalist zu der Polizeiübung herausbekommen hatte.

»Es wurde offenbar eine neue Erfindung gemacht!«, erzählte er. »Noch geheim und in der Erprobungsphase. Von einigen gut informierten Geschäftsleuten weiß ich aber, dass der Börsengang mit diesem Produkt gewissermaßen vor der Tür steht.«

Natürlich wollte Miriam als Erstes wissen, um was für ein Produkt es sich handelte und was es mit Frank zu tun hatte. »Ich weiß nicht, ob es schon einen Namen hat. Intern nennen sie es einfach nur ›Bug‹«!

»Bug!«, rief Miriam aus. Davon hatte doch auch die fremde Frau am Telefon gesprochen. »Das heißt doch Insekt. Hat jemand ein Insekt erfunden oder wie?«

»Gewissermaßen!«, antwortete der Journalist zu Miriams großem Erstaunen.

»Ein elektronisches Insekt. Vorstellbar wie ein sehr, sehr kleiner Miniroboter!«, erläuterte der Journalist weiter. »Bei der Geiselnahme lief dieser Bug wohl eigenständig oder ferngesteuert bis zum angeblichen Geiselnehmer, bohrte sich selbstständig in dessen Körper wie eine Zecke und rief dann auf Knopfdruck das akute Unwohlsein der Testperson hervor, so dass die Eingreiftruppe leichtes Spiel hatte.«

»Wow!«, machte Miriam. »Das klingt ja wie eine Erfindung von Q bei James Bond!«

Sie war absolut fasziniert. Diese Erfindung machte völlig neue und sichere Methoden zur Geiselbefreiung möglich. Niemand – auch kein Geiselgangster – bemerkte den Stich einer Zecke, selbst wenn sie elektronisch war. Und wenn man dadurch die Gangster so leicht lahm legen konnte, umso besser für die Geiseln.

Auch Ben war beeindruckt von solch einer technischen Neuerung, von der er noch nie etwas gehört hatte. Allein das war schon eine kleine Sensation: Es gab ein neues elektronisches Gerät und Ben kannte es nicht!

Achmed und Kolja waren ohnehin begeistert. Sie fühlten sich wie Stars in einem Agentenfilm.

Thomas hielt sich zurück. Jennifer und Kathrin sahen sich an und waren sich einig in ihrem Misstrauen. Ein Eingriff ins menschliche Gefühlsleben verhieß für die beiden nichts Gutes. Selbst wenn es in dem einen oder anderen Fall der Verbrechensbekämpfung sehr nützlich sein konnte – Menschenleben auf diese Art zu retten, dagegen war sicher nichts einzuwenden –, aber wer schützte vor Missbrauch eines solchen elektronischen Insekts? Und was hatte das Ganze mit Frank zu tun? Frank war schließlich kein Verbrecher.

Diese Frage hatte Miriam dem Journalisten auch gerade gestellt.

»Ich weiß es nicht«, gab der Journalist zu. »Vielleicht eine Testreihe?«

Jennifer stockte das Blut in den Adern. Hatten sie sich auch nicht verhört?

Der Journalist wiederholte das Wort: »Testreihe!«

»Selbstverständlich wäre ein solcher Bug nicht nur in der Verbrechensbekämpfung einsetzbar«, mutmaßte er. »Sondern auch zum Beispiel in einem großen Unternehmen. Klingt ein wenig wie Sciencefiction, aber stellt euch vor: Durch Einsatz eines solchen Bugs könnte man erreichen, dass die Angestellten langsamer ermüden. Sagen wir, in einem Betrieb mit 1000 Angestellten führte das zu zehn Minuten Pause pro Angestellten weniger pro Tag. Ich meine nicht die offiziellen Pausen, sondern die, die jeder Angestellte zwischendurch einlegt, um einen Kaffee zu trinken, eine Zigarette zu rauchen oder Ähnliches. Das wären also 10 000 Minuten gleich 166 Stunden Gewinn an Arbeitskraft täglich, 833 Stunden pro Woche. Rechnet man mal 30 Euro pro Arbeitsstunde, hieße das einen zusätzlichen Gewinn von 25 000 € pro Woche, also 100 000 € pro Monat, bei einem Großbetrieb mit 10 000 Mitarbeitern demnach 1 000 000 € pro Monat. Nur weil die Angestellten sich durch solch einen Bug ein wenig fitter fühlen – ferngesteuert, versteht sich. In Zeiten, in denen viel zu tun wäre, könnte man die Arbeitsleistung per Knopfdruck noch höher treiben. Das wäre gewissermaßen eine von der Chefetage allseits anwendbare Partydroge für ihre Angestellten.«

Miriam rauchte der Schädel, Ben schwirrten die Zahlen durch den Kopf. Kolja fand eine solche Perspektive »total ätzend« und Achmed kommentierte: »Voll der Hammer, ey. Wegen zehn Minuten mehr Arbeit am Tag so einen Alarm zu machen!«

Jennifer wandte sofort ein, dass ein solcher Eingriff sicher nie zugelassen würde.

Doch der Journalist widersprach: »Weltweit ließe sich solch ein Bug sicher gut verkaufen. Und auch in Deutschland würden die Firmenchefs es ihren Leuten nicht auf die Nase binden, wenn sie vorhätten, die Büros mit elektronischen Zecken zu verseuchen. Wer soll das kontrollieren? Einen elektronischen Zeckenstich bemerkt man nicht.«

In diesem Moment klingelte Bens Telefon. Ben nahm ab und schrie durch den Raum: »Frank!«

Frank rief aus einer Telefonzelle an, in der er gemeinsam mit Sarah stand. Die Stadt war leer. Nachts war in Neustadt nichts los. Und so fiel Sarah auch sofort der Wagen auf, der um die Ecke gefahren kam, stehen blieb und das Licht ausschaltete. Denn dort, wo er parkte, gab es keinen Grund zum Parken. Warum sollte jemand mitten in der Nacht vor einem geschlossenen Laden für Tierfutter stehen bleiben?

Sarah tickte Frank in die Seite.

Frank winkte ab, weil Ben ihn gerade über die wichtigsten Neuigkeiten informierte. Unwillkürlich glitt seine Hand wieder an seinen Hals, als er die Worte *Bug* und *Experiment* hörte.

Die Türen des Wagens öffneten sich. Zwei Männer stiegen aus.

»Frank!« Sarah wurde nervöser. Die beiden Männer verhießen nichts Gutes. So viel war sicher. Sie kamen auf die Telefonzelle zu. Wollten die nur telefonieren? Das wäre schon Zufall, wenn ausgerechnet die beiden auch ihr Handy vergessen hätten.

»Beeil dich!«, drängte Sarah.

Nur noch zehn Meter.

Frank hatte von Ben inzwischen erfahren, welche Experimente mit ihm gemacht wurden. Ihm wurde schlecht. War der Bug dafür verantwortlich? Oder wurde ihm nur übel wegen des Gedankens, Objekt einer menschenverachtenden Versuchsreihe zu sein? Am liebsten hätte er sich die Haut am Hals aufgerissen, um den Bug auf der Stelle loszuwerden. Doch das ging natürlich nicht. Hilflos fühlte er sich, machtlos, elendig benutzt. Das Menschliche war ihm genommen, er war fernsteuerbar. Irgendwo konnte jemand einen Knopf bedienen und ihm wurde schlecht, heiß, kalt, schwindelig oder von allem das Gegenteil. Wie eine Puppe konnten sie ihn tanzen lassen. Es lag in der Hand fremder Mächte, wie er sich fühlte. Jeglicher Einfluss darauf war ihm genommen, jegliche Kontrolle fehlte. Er war nicht mehr er selbst. Aus Frank war ein Spielzeug von skrupellosen Geschäftsleuten geworden.

»Verdammt!«, schrie Sarah und riss Frank damit aus seinen Gedanken.

Die Männer standen vor der Tür. Sarah erkannte sie. Es waren die beiden, vor denen sie Frank vorhin gerettet hatte.

Schnell hielt sie die Tür zu. Die Männer rüttelten daran.

»Was ist bei euch los?«, fragte Ben.

Hastig berichtete Frank von der Bedrohung.

Ben gab es an die anderen weiter, die es ohnehin gehört hatten, aber auch an den Journalisten, den Miriam noch immer in der Leitung hatte.

»Wo steht er?«, fragte der Journalist. »Die wollen ihm den Bug entfernen, um Beweise zu vernichten. Wo steht er? In welcher Telefonzelle?«

Jennifer fand es keine schlechte Idee, wenn Frank der Roboter entfernt werden sollte. Dann fiel ihr der Zustand des Spielbetreuers ein. Die Männer waren offenbar nicht gerade zimperlich.

Der gleiche Gedanke schoss Frank durch den Kopf. Mit einer Hand hielt er noch den Hörer, mit der anderen half er Sarah, die Tür zuzuhalten.

Der eine der beiden Männer ließ von der Tür ab, um sich der Seitenscheibe zu widmen. Er trat dagegen. Die Scheibe vibrierte. Aber noch hielt sie. Es war nur eine Frage der Zeit, bis sie zerbersten würde; beim nächsten oder übernächsten Tritt, vermutete Frank.

Auch den zweiten Tritt hielt die Scheibe aus.

»Scheiße!«, schrie Sarah. »Wie kommen wir hier weg?«

Eine gute Frage, dachte Frank. Es gab keine Fluchtwege aus einer Telefonzelle. Trotzdem brachte ihre Frage ihn auf die rettende Idee.

»Bevor die hineinkommen, gehen wir besser hinaus!«, antwortete er. »Achtung!«

Die Scheibe zitterte vom dritten Tritt des Mannes. Sie knisterte, aber zersprang noch immer nicht. Entweder war sie stabiler, als der Mann vermutet hatte, oder er trat nicht richtig zu. Zugegeben, Frank hatte auch noch nie eine Telefonzellenscheibe zertreten, aber im Karatetraining unzählige Male Kanthölzer zu Kleinholz verarbeitet. Es kam auf die Technik an. Und auf den Überraschungseffekt, um vor den Männern flüchten zu können. Der Mann wollte die Scheibe eintreten. Er rechnete mit allem, nicht aber damit, dass die Scheibe nach außen statt nach innen zerbrechen und ihm somit entgegenfliegen würde. Genau das bewirkte Frank jetzt. Der Mann holte gerade zu seinem vierten Tritt aus, als Frank beinahe ansatzlos mit einem lauten Schrei und einem gezielten, kurzen, zackigen Tritt die Scheibe zerkrachen ließ.

Der Mann draußen sprang erschrocken zurück. Auch sein Komplize war so verdutzt, dass er aufhörte, an der Tür zu rütteln, und verblüfft die berstende Scheibe betrachtete. Sarah war geistesgegenwärtiger als der Mann. Sie stieß die Tür ruckartig auf. Sie schlug dem Mann ins Gesicht. Fluchend hielt er sich die Nase.

»Raus!«, befahl Sarah.

»Auch gut!«, fand Frank.

Und schon flitzten die beiden aus der Telefonzelle hinaus und rannten, was die Lungen hergaben.

»Hinterher!«, rief der Mann. Sein Befehl klang etwas näselnd, weil er sich noch immer das Gesicht hielt.

Der andere setzte nach. Frank und Sarah rannten, wie sie noch nie gerannt waren.

»Wohin?«, fragte Sarah.

»Zum Hotel!«, schlug Frank vor.

Sarah schlug einen Haken, denn das Hotel lag in der anderen Richtung. Frank folgte.

Etwa zwanzig Meter hinter ihnen hetzte sie einer der beiden Männer.

»Da ist etwas los!«, stellte Ben erschrocken fest. »Ich habe es nur krachen hören. Frank und Sarah haben geschrien!«

Die anderen hielten den Atem an.

»Was ist?«, fragte der Journalist.

Miriam berichtete.

»Hallo? Hallo?«, rief Ben in den Hörer. »Keine Antwort!«

»Wo sind sie hin?«, wollte der Journalist wissen.

»Wissen wir doch nicht! Sie sind doch in Neustadt. Vermutlich ins Hotel!«, antwortete Miriam.

»Wieso ins Hotel?«, fragte der Journalist nach.

»Weil ich dort auch hinlaufen würde«, lautete Miriams schlichte Begründung.

»Okay, ich schaue dort mal nach!«, versprach der Journalist.

»Halt! Ich habe eine Idee!«, rief Jennifer plötzlich.

Die anderen atmeten durch. Das wurde aber auch Zeit, dass mal jemand eine Idee hatte.

Für Jennifers Geschmack war der Journalist ein wenig zu lahm. Frank befand sich auf der Flucht. Selbst wenn er ins Hotel lief, würde es nicht lange dauern, bis seine Verfolger dort ebenfalls auftauchen würden, gab sie zu bedenken. Frank war nirgends sicher. Neustadt war nicht groß genug, um sich dort ewig zu verstecken. Seine Verfolger würden nicht eher Ruhe geben, bis sie Frank den Bug entnommen hatten.

»Und deine Idee?«, unterbrach Ben sie ungeduldig.

»Frank braucht einen großen Empfang!«, schlug Jennifer vor. »Sie sind doch von der Presse!«, rief sie dem Journalisten am Telefon zu. »Mobilisieren Sie Ihre Kollegen. Am besten vom Fernsehen!«

»Blendende Idee!«, gab der Journalist zu.

»Was dachten Sie denn?«, fragte Miriam verwundert. »Die ist ja auch von Jennifer!«

Der Journalist verabschiedete sich.

»Und was machen wir?«, fragte Kolja. Die Enttäuschung war ihm deutlich anzumerken. Er hasste Action, wenn er nicht dabei war.

Jennifer grinste ihn an: »Das Gleiche!«

Reality Show

Frank und Sarah benötigten fünfzehn Minuten, bis sie völlig außer Atem das Hotel erreichten. Ihr Verfolger hatte mehrmals kurze Pausen einlegen müssen, was den Abstand mehr und mehr vergrößert hatte.

Aber fünfzehn Minuten sind eine lange Zeit, um alles auf die Beine zu bringen, was man in einer kleineren Stadt wie Neustadt nachts auf die Beine bekommen kann. Die Polizei war bereits vor Ort, als Frank und Sarah ankamen, wusste aber nicht so recht, was sie hier im Hotel eigentlich tun sollte.

Die Antwort erhielt sie wenig später. Beinahe zeitgleich mit Frank und Sarah erreichte die erste Limousine mit quietschenden Reifen den Eingang des Hotels. Der Portier stürmte auf den Wagen zu, um dem Fahrer zu verdeutlichen, dass ein derartiges Fahrverhalten vor dem Grandhotel nicht üblich wäre, als eine junge Frau aus dem Wagen sprang, dem Portier einen Fünfzig-Euro-Schein ins Revers steckte, den Namen ihrer Zeitung nannte und sich schon im nächsten Moment nicht mehr um ihn kümmerte, sondern stattdessen ihrem Fotografen, der ihr hinterlief, Anweisungen erteilte.

Der Portier blieb mit offenem Mund stehen. Die Dame war von der Zeitung, die auch er jeden Morgen las und von der er wusste, dass man sich mit diesem Blatt besser nicht anlegte.

Die Frau benötigte keine zwei Sekunden, um Frank

zu erspähen und direkt auf ihn zuzulaufen. Ehe Frank begriff, wer da auf ihn zukam, hatte der Fotograf bereits den ersten Film verschossen.

Nach und nach fuhren weitere Wagen vor: Kameraleute sprangen heraus, Fernseh- und Radioreporter mit Mikrofonen, Zeitungsjournalisten, Fotografen.

Allen lag dieselbe Frage auf den Lippen: »Wo ist der Bug?« Die beiden Männer, die Frank und Sarah verfolgt hatten, blieben sicherheitshalber im Hintergrund und machten Meldung an ihren Chef.

In anderen Städten spielten sich ähnliche Szenen ab. Denn auch Ben und seine Freunde hatten die fünfzehn Minuten nicht nutzlos verstreichen lassen.

Nachdem Ben eine Nachricht an alle Trapper verschickt hatte, die diese vermutlich selig verschlafen hatten, war Jennifer auf die Idee gekommen, in allen Städten die Presse in die Hotels der Runner zu schicken.

»Es ist ein Medienspiel!«, hatte sie gesagt. »Also nutzen wir die Medien, um dem Spiel ein Ende zu setzen!«

Der Erfolg war überwältigend. Weder Ben noch Jennifer noch sonst irgendjemand aus der Gruppe hatte gewusst, wie man eine Presseerklärung verfasst, aber darauf kam es gar nicht an. Es genügte, dass sie Supporter – also Teilnehmer des Spieles – waren und als solche ankündigten, dass es hier eine große Sauerei aufzudecken gab.

Natürlich hatten die Kinder auch nicht die Adressen aller Zeitungen und Rundfunkstationen der Städte gewusst. Es hatte genügt, die großen Agenturen anzurufen oder ihnen eine Mail zu schicken.

Obwohl sie glaubten, sich ein wenig mit moderner Kommunikationstechnik auszukennen, hatte sie das Tempo, das die Presseleute an den Tag – oder besser in die Nacht – legten, doch verblüfft. Die Mails an die großen Agenturen waren kaum verschickt, da mussten die die Meldung schon ausgewertet und weitergeleitet haben. Keine halbe Stunde, nachdem Ben die Meldungen verschickt hatte, wurden die ersten Runner in ihren Hotels geweckt.

Zu diesem Zeitpunkt standen Frank und Sarah bereits umringt von einer riesigen Traube von Journalisten. Die Fragen prasselten auf sie ein.

Frank nahm die Menschen um sich herum nur noch fratzenhaft war. Er bekam nicht mit, was sie ihm zuriefen, was sie fragten, was sie wissen wollten. Er wollte nicht sprechen, keine Fragen beantworten. Das Blitzlicht der Kameras schmerzte in seinen Augen und setzte sich bis in die feinsten Verästelungen des Gehirns fort. Er hatte etwas Fremdes im Körper, das er loswerden wollte. Wieso waren nur Frager da und keine Helfer? Was konnte er tun? Er kam nicht voran. Es gab keine Bodyguards, die ihn vor der Masse schützten wie noch bei der Eröffnungssendung. Seine Hand umklammerte fest die von Sarah. Er wusste, auch sie konnte ihm nicht helfen. Trotzdem fühlte er sich besser, wenn er sie spürte.

Die Meute rückte ihm auf den Pelz. Manche Kameralinsen rückten so nah an seinen Hals, als ob sie ihn wie Vampire beißen und aussaugen wollten.

Befand er sich noch immer in der Gewalt der Fremden? Was, wenn sie ihn wieder steuerten? Er fühlte sich schon wieder schlecht.

War das ihr Werk? Frank zitterte. Tränen schossen ihm in die Augen.

Sarah spürte, dass Frank am Ende war. So gut es ging, bemühte sie sich, ihren Freund zu schützen und ihn durch die Menge zu lotsen. Es gelang nicht.

Sie spürte ihre Machtlosigkeit und begann wie Frank zu weinen. Sie schrie. In einer Menge von Mikrofonen, Aufnahmegeräten, Notizblöcken und weit geöffneten Augen und Ohren blieb ihr Hilfeschrei ungehört. Es war, als wäre nicht ihr Begleiter missbraucht von einem Überwachungsunternehmen im Verbund mit der Medienindustrie ferngesteuert, sondern die Meute um sie herum.

»Habt ihr alle nicht mehr eure Sinne beisammen?«, rief Sarah verzweifelt in die Menge. »Frank braucht Hilfe. Sieht das denn niemand? Sein Bug muss innerhalb der nächsten zehn Minuten entfernt werden!«

Erst als sie auf die Uhr gesehen und es ausgesprochen hatte, war es ihr selbst bewusst geworden. Sie hatten nur noch zehn Minuten! Zehn lächerliche Minuten, um den Bug zu entfernen, und keine Hilfe weit und breit.

Das Wort »Bug« zeigte eine Wirkung, als hätte man einem Rudel Piranhas ein blutiges Stück Fleisch ins Becken geworfen.

Die Meute riss die Mäuler auf und fragte erneut nach dem Bug. Wo er war, wie er war, ob man ihn sehen, filmen oder fotografieren könnte, wie er sich anfühlte oder …

Sarah konnte nicht mehr. Sie hockte sich hin, vergrub den Kopf in die Hände und begann zu schluchzen.

Frank stand da und starrte in die Menge wie eine Wachsfigur, die mit allem nichts zu tun hatte; unfähig zu denken, unfähig zu handeln. Leere, nichts als Leere spürte er in sich, bis sich plötzlich eine warme, weiche Hand auf seine Schulter legte.

»Ich kann dir helfen«, sagte eine weiche Stimme, der er vertraute, obwohl er nicht wusste, weshalb.

Sarah blickte auf und sah einer Frau in die Augen, die ganz augenscheinlich sehr hektische Stunden hinter sich hatte, aber bemüht war, sich ihre innere Anspannung nicht anmerken zu lassen.

Ehe irgendjemand reagieren konnte oder es überhaupt wahrgenommen hätte, drückte die Frau Frank eine Spritze an den Hals und injizierte ihm etwas.

»Nein!«, schrie Sarah und stürzte auf die Frau zu.

Die Frau konnte sich dem Angriff Sarahs entziehen. »Ganz ruhig«, sagte sie schnell. »Es wird den Bug zerstören!«

»Zerstören?« In den Ohren der Reporter war eine Katastrophe ausgelöst worden. Sie waren hier, um über den Bug zu berichten. Jetzt wurde er zerstört?

Sarah glaubte der Frau. »Wer sind Sie?«, fragte sie.

»Ich bin Monika Hülser. Psychologin. Leiterin der Versuchsreihe ›Bug‹. Ich war eingesetzt im Hintergrund des Spiels Reality Game.«

Diese Aussage versetzte die anwesenden Reporter wieder in Verzückung. Sogleich stürzten sie sich auf die Psychologin. Frau Doktor Hülser stellte sich tapfer der Herausforderung. Zwinkernd gab sie Sarah zu verstehen, die gute Gelegenheit zu nutzen. Sarah begriff, nahm Frank an die Hand, mogelte sich mit ihm durch die drängelnde Menge und verschwand ins Hotel. Sie liefen hinauf in Franks Zimmer und sahen sich das Treiben vor dem Hotel vom Fenster aus an. Sarah stellte Fernseher und Radio an, um zu hören, ob irgendetwas über das vorzeitige Ende von Reality Game gesendet wurde. Frank rief Ben an.

Erleichtert nahm Ben den Anruf entgegen. »Und der Bug ist jetzt fort?«, fragte Ben, während die anderen sich um ihn herumzwängten und ihre Ohren spitzten.

Frank berichtete, dass die Frau ihm das versichert hatte, und auch, dass er sich gut fühle. Sie hatte auch versprochen, später nach ihm zu sehen, erzählte Frank. Aber ansonsten hätte er Heimweh und wollte so schnell wie möglich nach Hause.

Ben konnte Frank beruhigen. Letztendlich waren sie doch dem Drängen von Jennifer und Kathrin gefolgt und hatten Franks Eltern informiert, die sich sogleich mit dem Auto nach Neustadt aufgemacht hatten. »In etwa drei Stunden müssten sie bei dir sein!«, gab Ben die Schätzung von Franks Eltern wieder.

Frank bedankte und verabschiedete sich. Kaum hatte er den Hörer aufgelegt, klopfte es an seiner Zimmertür. Monika Hülser hatte ihr Versprechen gehalten.

Frank sprudelte sofort mit tausend Fragen auf sie ein, doch die Psychologin beruhigte ihn. »Am besten, du schläfst jetzt ausgiebig. Alles andere kannst du morgen in der Zeitung nachlesen und wohl auch im Fernsehen anschauen.«

Das tat Frank – genauso wie Ben, Jennifer, Frank, Miriam, Thomas, Kolja, Kathrin und Achmed.

Ausführlich wurde im Fernsehen dargelegt, was der Journalist aus Neustadt schon vermutet hatte: Der neue Miniroboter namens Bug sollte serienmäßig eingeführt werden. Gedacht war das technische Wunder ursprünglich fürs Militär, dann wurde es zunächst für die Bedürfnisse der Sondereinsatzkommandos der Polizei und seit neuestem sogar für die Industrie fortentwickelt. Die Markteinführung und der Behördengang mit diesem Produkt stand bevor, ein Milliardengeschäft winkte. Alles, was fehlte, waren die Ergebnisse eines letzten Praxistests: Und das war der Test, an dem Frank und die anderen neun Runner ohne ihr Wissen teilgenommen hatten.

Gegen die Verantwortlichen des Unternehmens und des Spiels Reality Game würden etliche Strafanzeigen gestellt, berichteten die Medien, das Produkt wurde sofort gestoppt, das Unternehmen stand vor dem Aus. So berichteten es die Nachrichten.

Frank juckte sich unwillkürlich noch immer an der Stelle, wo ihm die Spritze gesetzt worden war. Aber er fühlte sich wie neugeboren, wie von einer schweren Last befreit. Er war wieder er selbst.

Dennoch wirkte er am nächsten Tag, als er wieder zu Hause war, auf eine seltsame Art abwesend. »Wie ferngesteuert«, bemerkte Miriam spitz.

»Ist er auch!«, grinste Jennifer und streichelte Frank sanft über den Kopf. »Aber diese Fernsteuerung gibt es schon seit zigtausend Jahren!«

Ben horchte auf. Was sollte das für eine Technik sein?

Jennifer, Miriam und Kathrin sahen Ben beinahe mitleidig an. »Eine Fernsteuerung, die ihr Jungs nie begreifen werdet«, lachten sie.

Ben, Kolja, Achmed und Thomas begriffen nicht, worauf die Mädchen anspielten.

Bis Frank sich plötzlich äußerte. Er hatte die Debatte gar nicht mitbekommen, sondern fragte Ben: »Sag mal, hattest du nicht die Handynummer von Sarah?«

Alle außer Frank schütteten sich aus vor Lachen. Nur Frank wusste nicht, weshalb.

dtv junior

Die Level 4-Serie: Krimis für Computer-Fans!

Level 4
ISBN 3-423-**70914**-6

Der Ring der Gedanken
ISBN 3-423-**70475**-6

Achtung, Zeitfalle!
ISBN 3-423-**70999**-5

UFO der geheimen Welt
ISBN 3-423-**70697**-X

Jagd im Internet
ISBN 3-423-**70796**-8

Flucht vom Mond
ISBN 3-423-**70817**-4

2049
ISBN 3-423-**70852**-2

Chaos im Netzwerk-Clan
ISBN 3-423-**70975**-8

Die Spur des Hackers
ISBN 3-423-**71183**-3

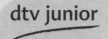

Ein Leben im Verborgenen

Schattenkinder
ISBN 3-423-**70635**-X

Schattenkinder – Unter Verrätern
ISBN 3-423-**70770**-4

Schattenkinder – Die Betrogenen
ISBN 3-423-**70788**-7

Schattenkinder – In der Welt der Barone
ISBN 3-423-**70907**-3

Schattenkinder – Im Zentrum der Macht
ISBN 3-423-**70984**-7

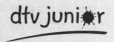

Die L'Homme-Trilogie

»Das Buch der Sterne versammelt alle Ingredienzen,
die zum Erfolg führen […]. Flüssig und sicher
geschrieben hebt es sich geschickt von der Konkurrenz ab.«
Liberté de l'Est

»Ein fesselndes Abenteuer voller Überraschungen
und origineller Charaktere,
das den Leser in seinen Bann schlägt.«
Livres jeunes

»Der Fantasy-Bestseller aus Frankreich.«
Literatur-Report

ISBN 3-423-**70868**-9
Ab 11

ISBN 3-423-**70911**-1
Ab 11

ISBN 3-423-**70928**-6
Ab 11

dtv junior

Eine fantastische Welt voller Licht und Farben

ISBN 3-423-**70883**-2 Ab 11

ISBN 3-423-**70954**-5 Ab 11

Lina und Doon suchen fieberhaft nach einem Ausweg: Ihr Zuhause, die Stadt Ember, droht in Dunkelheit zu versinken! Ember wird seit jeher von Laternen erleuchtet – dem einzigen Licht, das es dort gibt. Doch der Generator der Stadt ist alt. Lina und Doon wissen nur eins: Sie müssen schnell sein, um den Kampf gegen die Dunkelheit zu gewinnen!

Faszinierend erscheint den Leuten aus der unterirdischen Stadt Ember das Leben an der Erdoberfläche. Doch gleichzeitig ist alles sehr fremd. Und auch die Dorfbewohner bleiben ihren Gästen gegenüber misstrauisch! Besorgt sehen Lina und Doon, wie aus Angst Hass wird, und suchen eine Lösung für den sich steigernden Konflikt.

www.dtvjunior.de

Bücher auf den ersten Klick

- NEUERSCHEINUNGEN
- HIGHLIGHT DES MONATS
- AKTUELLES PROGRAMM
- AUTORENPORTRÄTS
- INFOS & SERVICE
- LESEPROBEN
- GEWINNSPIELE
- JUGENDBUCH
- UNTERRICHTSMATERIALIEN

- PRESSESTIMMEN
- GESAMTVERZEICHNIS
- KINDERBUCH
- BESTELLSERVICE
- SURFTIPPS
- UND UND UND …

Auf unseren Internetseiten gibt es jederzeit den aktuellsten Überblick über unser Kinder- und Jugendbuchprogramm.